疎陀 陽
イラスト みわべさくら
許嫁が出来たと思ったら、
その許嫁が学校で有名な
『悪役令嬢』だったんだけど、
どうすればいい？
4

「……ねえ。頭、撫でてくれない？」

「はい？」

「さっきね、ボール取った時に水杉君の手が私の髪に触れたのよ。

だから、頭撫でて？」

「……意味が分からんが？」

「……なんとなく、嫌な気分なの。だから」

貴方が、上書きして？　と。

「……だめぇ？」

——その上目遣いは反則でしょう？
ため息一つ、
俺は桐生の頭に手を乗せて
優しく撫でる。
頬を緩めて嬉しそうに微笑む桐生。
その笑顔がとても綺麗で、
思わず俺は視線を外した。

「バスケを……続けます！
やっぱり……私、
バスケ大好きだから!!」
「……ああ」
「だから……浩之先輩！
これからもよろしくお願いしますね！」

そう言ってゆっくり立ち上がり――
何を思ったか、勢いよく両手を上げる瑞穂。
「――だから……これは、今までの御礼と、
これからの御礼の、先払いです」
瑞穂の声が、耳に響いて。――俺の頬に、柔らかな感覚。
「……？　……!?　ちょ、おま！」
頬に唇が触れたと気付いたのは、数瞬後。
きっと真っ赤になっているだろう俺の顔を、同様に真っ赤な顔で見つめて。

「だーいすきですよ！
浩之先輩！！」

今まで見た中で、最高の笑顔を瑞穂は浮かべていた。

「――浩之さん、桐生彩音様と『許嫁』になったとお聞きしましたが？」
……あー……バレた？
東九条明美（高校二年生）
ひがしくじょうあけみ
浩之の又従姉妹にあたる東九条本家の一人娘。
幼い頃に交わした結婚の約束を信じ、
日々自分磨きに奮闘している。

「無論、分家の決定全てに異を唱える、
などという時代錯誤なことをするつもりはありません。
ありませんがしかし、
婚姻とはどう言い繕っても『家』と『家』の事柄です。
特に我が家はある程度格式のある家です。
婚姻の相手は良く選ぶべきですし……ある程度、
本家の意向も斟酌してほしい、
という意見も分からないではないでしょう、浩之さん？」
「……まあ」
「──現状での見解を申し上げますと、私はこの許嫁に関して、
〝反対〟です」
そう言って明美はにっこりと笑った。

CONTENTS

プロローグ　迎えた大会　10
第一章　そして、決勝戦が始まる　19
第二章　逆転の狼煙　42
幕間　私の大好きな、東九条浩之先輩　78
第三章　だいじなもの　89
第四章　藤田君と有森さん　109
第五章　恋人っぽいこと、しよ？　168
第六章　別に、君じゃなくて良いならば　242
エピローグ　257
番外編　東九条明美の暴走　270

ダッシュエックス文庫

許嫁が出来たと思ったら、
その許嫁が学校で有名な『悪役令嬢』
だったんだけど、どうすればいい？ 4

疎陀 陽

プロローグ　迎えた大会

　一回戦の大野木《おおのぎ》建設有志チームとの試合は五十六対二十五という大差で俺ら『瑞穂《みずほ》と愉快な仲間たち』チームの勝利となった。結構な点差が付いたが、これはウチと同様に交代メンバーのいない大野木建設有志チームの『お姉さま』方がバテバテになった為、ほとんど試合にならなかったからだ。

「お疲れさん」

「ああ、東九条《ひがしくじょう》君。お疲れ様。勝ったわね」

「まあ、ここには勝つと思ってたしな。どうだ？　少しは休めたか？」

「前半は少し頑張ったけど……後半はほとんど何もしてないから。むしろ体がなまりそうよ？」

　そう言って笑う桐生《きりゅう》にスポーツドリンクを手渡す。コイツ、こうは言ってるが第一、第二クォーターで一人で二十点取ってるからな。よくやってくれたよ、ホント。

「ありがとう、東九条君。それで？　次の試合はどうかしら？」

「相手はシードだから実力は未知数だが……藤田《ふじた》が心配なだけかな？」

正直、涼子《りょうこ》の情報から考えるに実力はさして高くない。この次、つまり決勝の相手は正南《しょうなん》と東桜《とうおう》女子の連合チームになる可能性が高い中で、俺が懸念《けねん》するのは実は次の試合だったりする。

「……相手の実力はそうでもないのでしょう？」

「まあな。だが、次の試合はレクリエーション色の強いチームだろ？　大学のサークルだし」

「……そうね」

「つうことは、そこまで勝ちに拘《こだわ》ったチーム構成じゃないだろうし……要は、パワーフォワードに女性が配置される可能性もある」

「さっきのチームだってパワーフォワード女性だったじゃない」

「いや……さっきのは例外だろ？」

確かに女性だったが……自分の親ぐらいの、しかもその……ちょっと太ましい方だったし。藤田も流石《さすが》に緊張はしてなかったが。

「次、もしパワーフォワードが女性なら藤田のマッチアップは女子大生だろ？」

「……ああ、なるほど」

男女比が三対二になるんなら、桐生か智美《ともみ》のマッチアップは男性になる可能性が高い。藤田が使い物にならなくて、その上で智美か桐生まで抑えられると厳しい戦いになる可能性は高いのだ。

「高校でのバスケ経験者はいなくても中学校まではいるんだろ？　なら、完全な初心者じゃないだろうしな」

まあ、これはっかりはやってみなくちゃ分からないんだが。

「……まあ、考えても仕方ないか。それよりそろそろ試合だ。次も頼むぞ、桐生?」

「任せてちょうだい。次も活躍してみせるわ!」

そう言って笑顔を浮かべる桐生に、俺も笑顔を返した。

◇◆◇

「……ふう」

第二試合もすでに第一、第二の前半が終了。スコアは三十六対十五とダブルスコア以上の数字を残して折り返した。まだ試合は終わってはいないが、この試合のMVPは。

「……お疲れ、藤田」

「おう、浩之《ひろゆき》」

藤田だ。得点十八点、リバウンド5。初心者とは思えない立派な数字を残している。しかも。

「……お前、女子相手でも全然イケるじゃん」

藤田のマッチアップ相手は女性だった。すらっと背の高い美女で、『今日はよろしくね~』なんて声を掛けられて『は、はい!』なんて上ずった声を上げていた時はどうなるかと思ったのだが……蓋《ふた》を開けてみればこれだ。

「……だな」

実際、藤田のマッチアップが女性だったこともあって、ゴール下は藤田と秀明《ひであき》の独壇場《どくだんじょう》だった。秀明が相手センターを完璧《かんぺき》に抑え込み、藤田がリバウンドを取るという完璧な布陣だ。

「お疲れ様です！　藤田先輩、やれば出来るじゃないですか！」

藤田をねぎらっていると、自分の試合が終わったのか有森がこちらに駆けてきた。

「お疲れ。どうだった？」

「勝ちましたよ！　それより藤田先輩、凄《すご》かったですね！　相手は可愛《かわい》い女子大生のお姉さまでどうなるかと思いましたが……やれば出来るじゃないですか！　最初からやって下さいよね！」

少しだけ不満そうで、それでいて嬉しそうに藤田の肩をバシバシ叩く有森《ありもり》。そんな有森に、藤田は苦笑を浮かべながら言葉を返した。

「いてーよ、叩くな！　まあ、俺も最初は緊張するかなって思ったんだが……試合が始まったら全然そんなことなくてな？　むしろ相手の動きが鈍いからやりやすいっつうか……ともかく、シュートもリバウンドもガンガン取れたよ」

「ですね～。私が見たのは第二クォーター終了間際ですけど、動きが段違いでしたもん！　凄いです！」

「あんがとよ。これもお前の練習のお蔭《かげ》かな？」

「そうですかね～？　私の練習の時は全然、力が発揮出来てなかったみたいですけど？」

一転、ジト目を向ける有森。その視線に藤田が頭を掻《か》く。

「悪かったって。なんだろうな？　お前と練習した時はすげー緊張したんだけど……今は全然緊張しない」

「そうなんですか？　アレですか？　試合の高揚《こうよう》感とか？」

「んー……どうなんだろ？　俺、試合も練習も一生懸命やってる気がするんだが……」

そう言って首を捻《ひね》る藤田。そんな藤田にきょとんとした表情を向けたのは一瞬、有森はにこやかに笑顔を作る。

「まあ、良いじゃないですか！　悪いことなら理由を探るの大事ですけど、良いことは理由探らなくても！　『良かった！』で良いんですよ！」

「……良いのか？　良くも悪くも理由探すの大事な気がするんだが……」

「今探しても見つからないでしょうし！　ともかく、藤田先輩！　後半も頑張って下さいね！　私、これから次の試合のミーティングあるんで！　あ、東九条先輩！」

「どうした？」

「さっき理沙《りさ》から連絡ありました！　今、こっちに向かってるけど渋滞に巻き込まれたらしくて……決勝戦の第二クォーターまでには間に合いそうだから、絶対に途中で負けないで下さいって伝言です！」

「おっけ。それじゃ、決勝戦まで負けずに戦うか」

「はい！　それじゃ、失礼します！」

そう言ってペコリと一礼すると有森は女子バスケ部の元まで走る。その後ろ姿を見ながら、藤田が言葉を漏《も》らした。

「……元気なヤツだよな～、アイツ」

「……だな。良いヤツだよ」

「だよな～。あれだけ俺の練習にも付き合ってくれたしさ。あいつ、俺に『藤田先輩も自分の時間、大事にしなくて良いんですか？』みたいなこと言ってたけどさ？　あいつも大概《たいがい》じゃねーか？」

「自分の時間って……ああ、メリット云々《うんぬん》のヤツか？」

恋に落ちた時ね、有森が。

「アイツだって人のこと言えねーよな？　もっと自分の時間大事にすりゃ良いのに」

「……」

いや……有森は有森で自分の時間大事にしてたんじゃねーか？　好きなヤツと二人でバスケ出来たら幸せだろ、多分。

「……それより、後半も頼むぞ藤田」

「任せろ。今の俺は誰にも負ける気がしねーぜ！」

そう言って親指をサムズアップする藤田。後半もその調子で頼む――

「……おい、藤田」

「あん？　どうした？」

「お前、今は緊張してないんだよな？　接触プレーしても」

「おう。まあ、ちょっとドキッとはするんだが……あんまり気になんねー」

「……ちなみに有森と接触プレーした時は？」

「『うわ、やべ！　触っちまった！』って思う。全然集中出来なくて、さっきの練習でも怒られたしな」

そう言って情けない表情で笑った後、藤田は『ちょっと秀明とコンビネーションの確認をしてくる』と席を立つ。そんな藤田の後ろ姿を見送りながら。


「……これはいい方向に転ぶかしら？」


「……いつからいたの、桐生？」

不意に背中から掛けられた声に振り返る。桐生だ。

「なんとなく、ラブコメの波動を感じたから、駆け付けたのよ。このラブ警察二十四時の桐生彩音《あやね》が、きゅんきゅんするシチュエーションを見逃すはずないでしょう？」

「……なんだよ、ラブコメの波動って」

あと、ラブ警察二十四時って。ジト目を向ける俺に桐生はコロコロと笑ってみせる。

「冗談よ。藤田君の活躍が凄かったから賞賛しに来たんだけど、なんとなく入りづらい雰囲気《ふんいき》だったから後ろで聞いてたのよ」

「入りづらいって」

「だってあれでしょ？　藤田君のは完全に、『俺、女子を意識しているワケじゃねーんだ。有森だから意識してるんだ！』ってシーンでしょ？」

「……お前もそう思う？」

「ええ。鈍感な感じが良い味出してると思うわ。相変わらず、あの二人はきゅんきゅんさせてくれるわね」

そう言って『はぅ』となまめかしい吐息を漏らす桐生。なんか色っぽいんだが。

「……まあ、藤田には色々世話になったしな。もし相談が来たら全力でフォローはしようと思う」

「……その際は私もぜひ、参加させて」

「お前の場合、野次馬根性丸出しな感じもするが……」

『そ、そういうつもりじゃないわよ！』と手をわちゃわちゃ振ってみせる桐生に苦笑を返していると、後半開始の笛が鳴った。

「……ま、とりあえず目の前の問題を片付けようぜ？　さっさと倒して……それで、目指すは優勝だ！」

第一章　そして、決勝戦が始まる

二回戦を突破した俺たちは、決勝を前にして最後のミーティングを行っていた。涼子《りょうこ》が手にしたメモを読み上げながら、俺たち一人一人に視線を送る。

「正南《しょうなん》・東桜《とうおう》女子の連合チームは前の試合が初戦のシードだったから、次が二試合目ね。初戦の先発オーダーは予想通り、ポイントガードが水杉《みずすぎ》君、パワーフォワードが中西《なかにし》君、センターが小林《こばやし》君。男子はこの三人で、女子はシューティングガードに木場《きば》さん、スモールフォワードに萩原《はぎわら》さんの二人だね。ちなみに一試合目は八十二対十五で圧勝だよ」

「……すげぇ」

涼子の言葉に藤田がぽつりと言葉を漏らす。そんな藤田に、涼子は微笑《ほほえ》んで首を横に振ってみせた。

「全然。相手はさして強くもない商店街の連合チームだもん。むしろ百点ゲームじゃないとダメ！　ぐらいの相手なのに、最後は手を抜いてたよ？　特に藤田君のマッチアップの中西君なんて、露骨にやる気のないプレーをしてたね？」

「……舐《な》めてるっすね、バスケを」

少しだけ声に怒気を混ぜてそう言う秀明《ひであき》。お前、バスケ大好きっ子だもんな。

「舐めてくれてるうちに大差を付けて、向こうが焦り出しても追いつけないように出来たら最高だけどね～。まあ、ともかく相手チームはそんな感じだよ」

手元のメモをポケットに仕舞い、涼子は再度視線をこちらに向ける。一人一人の顔を確認するように視線を飛ばし、うん、と一つ頷《うなず》いてみせた。

「……皆、一生懸命頑張ってきたから……きっと、勝てるよ。浩之ちゃん、キャプテンとして一言」

涼子の言葉に頷き、俺は立ち上がって全員を見渡す。

「……皆のおかげでここまで来れた。秀明や智美《ともみ》もだが……特に桐生《きりゅう》と藤田《ふじた》には頭が下がる思いでいっぱいだ。初心者なのにここまで地力を上げてくれたのは本当に感謝しかない。泣いても笑ってもこの一試合で終わりだ。練習の成果、存分に見せつけてやろうぜ！」

俺の言葉に。

「「「「――おう！」」」」

四人の声がハモった。

◇◆◇

やがて、決勝戦が始まった。センターサークルでジャンプボールに飛ぶのはセンターである秀明と、相手チームセンターの小林。審判が天高く投げたボールにいち早くタップしたのは秀明だ。飛んできたボールを取った俺は、心持ちゆっくり目にボールを運ぶ。マッチアップ相手であるポイントガードの水杉は腰を落とした良いディフェンスをしていた。うむ、流石《さすが》全国ベスト８の司令塔。

「……智美！」

こういう試合では『入り』が大事。俺からのパスを受けた智美は、そのまま相手チームのスモールフォワードとのワン・オン・ワンで華麗《かれい》に抜き去るとレイアップシュートを決めてみせた。

「ナイス」

「ヒロユキもナイスパス。でもあの子、結構上手《うま》いよ？」

「華麗に抜いてなかったか、今？」

「私の出方を見てた感じかな？　癖《くせ》摑《つか》む為に敢《あ》えてドリブルさせてみたんじゃない？」

そうかい。まだ一年生なのに、そりゃまた冷静なことで。

「……っち。萩原！　ちゃんと抑えろよな！」

と、向こうのコートで何やら怒声が飛んでいた。そちらに視線を向けると藤田のマッチアップ相手、中西が不満そうな顔で萩原を睨《にら》んでいる。

「中西君、うるさい。試合に集中して。負けるよ？」

「負ける？　負けるわけねーだろうが。良いからしっかり守れよな！」

そう言い残し、中西はドリブルでこちらのコートへ攻め入ってくる。そんな中西を止めるべく、藤田がディフェンスについた。

「来い！」

「はん！　何が来いだ」

そう言ってドリブルで藤田を抜きに掛かる中西。藤田も良いディフェンスをしているも経験差は否《いな》めない、簡単に抜かれてシュートを決められる。

「くそ！」

「こんな簡単なフェイントに引っ掛かったくせに何が『くそ』だよ。レベルが違うんだよ、レベルが」

悔《くや》しそうな藤田にそう嘲笑《あざわら》うように声を掛けて自陣に戻る中西。敵意むき出しの顔で睨む藤田の肩に苦笑してポンと手を乗せる。

「どんまい。しゃーないさ」

「すまん、浩之《ひろゆき》」

「まあ、相手は全国に出たパワーフォワードだ。上手いのは最初から分かってるさ」

「まあそうだけど……でもアイツ、なんかいちいちムカつくな」

「精神的にムラがあるタイプって言ってたろ？」

「あれはムラじゃないと思うが……スポーツマンシップがないんじゃねーか？　さっきも味方に罵声《ばせい》浴びせてたし」

「……まあ、あの二人中学一緒って言ってただろ？　だから、なんでも言える関係なんじゃねーの？」

「……そう見えるか？」

「……全く」

アレ、単純に文句言ってただけだしな。同中《おなちゅう》の二人の仲があんなんなら、他のメンバーとの連携は推《お》して知るべしか。

「……ともかく、行くぞ。次はお前の番だ、藤田」

「おう！『犬』だな！」

「正解」

俺の言葉に、藤田が勢いよく相手陣内に走り込む。そんな姿を見て、中西がイヤそうに顔を顰《しか》めた。

「なんだよ？　さっきのお返しでもしてくれんの――って、おい！」

そんな中西の言葉を無視してコート内を縦横無尽《じゅうおうむじん》に走り回る藤田。右へ、左へ、中西のマークを外すように走り回る藤田に、焦れたような中西の声が上がった。

「クソが！　ちょろちょろ動き回ってんじゃねーよ！」

「先輩に対する言葉遣いじゃねーだろう……っが！」

相手チームのセンターに向けて走り出す藤田。慌てたようにフォローに入る中西――と、センターの小林。

「小林！　５番がフリーになる！　行くな！」

ポイントガードの水杉の声が響くが……もう遅い。視線だけで合図を送ると、コクリと頷いた秀明の姿が見て取れた。

「――いけ、秀明」

ポーンと高く放る様にボールを投げる。シュートと見間違う様な、そんな放物線を描いたボールを空中で秀明がキャッチして。

「――おら！」

そのまま、リングに叩きつける。アリウープってやつだ。

「――ナイスパス、浩之さん！」

にかっと笑う秀明に、俺も笑顔を返した。さあ、試合はこれからだ！

◇◆◇

「……ふう」

第一クォーターが終了し、スコアは二十対十二で俺ら『瑞穂《みずほ》と愉快な仲間たち』チームがリードしていた。

「お疲れ様、東九条《ひがしくじょう》君」

「お疲れ、桐生。ナイスプレー」

俺の言葉に桐生が少しだけ顔を顰めさせる。どうした？

「……全然、ナイスプレーじゃないじゃない。相手の子には完全に抑え込まれているし……抜かれたし、スリーポイントも決められたわ」

桐生のマッチアップである木場は本職ポイントガードらしいが、流石に東桜女子に入学する一年、しかもこの試合でシューティングガードで出てくるだけあってシュート力も高かった。

「……流石に相手も初心者じゃないからな。そりゃ簡単にはいかないさ」

「……でも、藤田君は良くやってるじゃない」

「ま、それはそれだ。相手チームとの相性もあるしな。藤田には合ってたんだろ。見ろよ？」

視線を相手チームのベンチに向ける。と、そこでは乱暴にボトルから水を飲み、そのボトルを叩きつけるように地面に投げる中西の姿があった。あいつ、藤田の『犬作戦』で仕事させてもらえてないもんな。

「段々熱くなってきてるし、このままファールトラブルでも起こしてくれりゃ最高だが……」

まあ、流石にそんなに上手くはいかないだろうけど。

「……私ももう少し活躍出来たら良いんだけど……」

「充分だよ。さあ、第二クォーターも頑張ろうぜ」

少しだけ落ち込んだ桐生の頭をポンポンと二度叩き、俺も椅子《いす》から腰を上げて視線をコート内に向ける。なんとも言えない高揚《こうよう》感を抱えたまま、知らず知らずの内に俺の口から言葉が漏《も》れる。

「……さて……それじゃ次はどう攻めるかな?」

……久しぶりだよな、この感覚。ワクワクするような、ドキドキするような……そんな感覚を抱いたまま、俺はコート内に足を踏み入れる。と、そんな俺の肩をポンっと叩く手があった。

藤田だ。

「お疲れ、浩之」

「おう。藤田、ナイスプレーだ」

「さんきゅ。なんだろう? 今日俺、凄《すご》く調子良いぞ」

「……そうだな」

「まあ、流石にフリーにはさせてもらえないからシュートは打てないけど……でもまあ、アレで良いんだろ? 俺の仕事って」

「充分だよ。第二クォーターも期待してるぞ？」

「おう！」

俺の言葉に親指をぐっと上げて藤田がコート内に入る。さて、それじゃ俺も頑張りますかね。

「……」

ボールは相手チームから。ボールを持った水杉はそのままセンターコート付近にドリブルを進める。

「一本。大事に取っていこう」

片手を上げてそう声を掛けながら、視線だけでパスコースを探しているのが目の動きで分かる。

「……木場さん！」

俺の身長のはるか上を飛ばすパス。シューティングガードの木場に渡ったパスを受け、木場はゴールに向けてドリブル。

「抜かせない！」

そんな木場の前に立ちふさがる桐生。木場はそんな桐生をチラリと見て、尚もドライブを掛ける。

「桐生！　無理に止めるな！　ファールもらうぞ！」

「っ！」

俺の言葉に、体ごと止めに入ろうとしていた桐生がすんでのところで体を止める。あからさまに残念そうな顔をしながらドリブルを止める木場。

「……残念です。チャンスだったのに」

「……試合中だぞ？　喋《しゃべ》ってる暇あるのか？」

「ありますよ？　どうせ勝つのは俺たちですし」

パスを通させない様にディナイをしている俺に声を掛けてくる水杉。余裕かよ、コイツ。

「……にしても上手《うま》いですね、先輩方。もう少し楽に試合をさせてもらえるかと思ってましたが……とくにあのパワーフォワード、厄介《やっかい》です」

「初心者だぞ、アイツ？」

「でしょうね。動きは素人《しろうと》丸出しですし。ですが、結構厄介ですよ？　少なくとも、中西の一番嫌いなタイプですね。さっきのインターバルも『あの素人、マジでムカつく！　ちょろちょろしやがって！』って言ってましたし」

「奇遇だな。ウチの藤田も言ってたぞ？　お前のところの中西ムカつくって。気が合うな？」

「それ、気が合うって言うんですかね？　ま、流石にいつまでも素人にうろちょろされるの目《め》障《ざわ》りですし……彼には蚊帳《かや》の外にいてもらいましょうか……ねっ！」

そう言ってパスを受ける為に俺のマークを外そうとする水杉。っち！　コイツ、やっぱり上手いな。

「木場さん！　パス！」

俺のマークを外した水杉が木場の元に走る。そのまま、木場は水杉にパスを——

「まずい！　桐生！」

――しない。パスが出ると一瞬気が抜けた桐生の脇を走り抜ける様に、ドリブルをして一息でゴール下まで走り込むと、そのままレイアップシュートを決めてみせた。

「っ！　ごめん、東九条君！」

「いや……今のは俺のミスだ。すまん」

俺がマークを外されたのも悪いからな。お互い様だ。そんな俺の言葉に、悔《くや》しそうに唇を噛《か》む桐生。

「……油断したわ。完全にパスだと思ったのに……」

「……だな。相手が相手だ。一瞬の隙《すき》が命取りになるぞ？」

マジで。俺も絶対パスを出されると思ったが……シューティングガードらしいっちゃシューティングガードらしいよな。点取り屋って感じが。

「……うし。切り替えだ、切り替え。今度はこっちの攻撃だぞ！」

桐生からパスを受け取り、俺は相手陣内に目を向けて。

パワーフォワードである藤田が、第一クォーター同様に走りだそうとするのを遮《さえぎ》る様、一人の選手が藤田の動きを塞《ふさ》ぐ。

「……何？」

「……っ……なるほど。そうきたか」

そう言って俺は、視線を藤田のマッチアップ相手――さっきまでは俺をマークしていたハズの水杉に向けた。

「……やってくれるじゃねーか、水杉」

こちらに視線だけを向けながら、それでも藤田のマークを外さない水杉がニヤリと笑ったのが見て取れた。余裕だな、お前？

「浩之！　パス！」

それでもなんとか水杉のディフェンスを外して手を上げる藤田。が……ようやくマークを外した藤田がいたのはコート際ギリギリだ。流石にあそこにパスを出しても、藤田のドリブルじゃ中に切り込むのは無理だ。っていうかアレ、マークを外したんじゃなくてあそこに追い詰められただけだな。

「ヒロユキ、こっち！」

と、後ろから走り込んできた智美が声を上げる。一度視線をそちらに向け、智美にパスを入れる。相手のマークを受けながら、それでもなんとか放った智美のスリーポイントはリングにガン、ガンと二度跳ねながら、それでもネットを揺らすことに成功する。

「ナイス！」

「今のはただのラッキー！　それより次、来るよ！」

ボールを持った水杉がドリブルで走り込んでくるのが見えた。速攻かよ！

「行かせない！」

「行きませんよ。貴方《あなた》、ディフェンス上手いですし」

ドリブルを止める水杉。何？　速攻じゃねーのかよ？

「……どうです？　カレ止めるの、簡単でしょ？　これであの人、この試合の残りは仕事させませんよ？」

その場でボールをキープしたまま、喋りかけてくる水杉。コイツ……俺とお喋りする為に敢《あ》えて速攻捨てたのかよ？

「……中西じゃ無理でもお前なら出来るってか？」

「……アイツ、ムラがあるタイプですしすぐに熱くなりますから。所詮《しょせん》は素人、冷静に対処すれば良いんですけど……まあそもそも、ディフェンスそんなに得意じゃないんですよね、アイツ。なら、貴方のマークをしてもらっておけば良いかなって。パスをどれだけ出しても、最後に決められなかったら良いワケですし？」

「……舐《な》めてくれるじゃねーか。俺がシュート打てないとでも？」

「身長差ありますからね、貴方と中西じゃ。外からのシュート、ボンボン決まるってわけでもないでしょうし？」

「……」

「と、いうことで貴方がたのカードは一枚、封印させてもらいましたよ？　ああ、それと」

そう言って、水杉はボールをゴールに向けてポーンと放る。ボールの軌道に合わせるよう、俺は振り返りながらそのボールを目で追って。

「――おらっ！」

ジャンプした藤田を弾き飛ばし、その勢いのままダンクを決める中西の姿が目に入った。

「——さっきやられましたからね？　お返しです」

◇◆◇

「……はぁ……しんど」

第二クォーターが終了し、今はハーフタイム。頭からタオルを被《かぶ》った俺がチラリと視線をスコアボードに向けると、そこには『三十二対三十六』のスコアが。つまり、このわずか八分でこちらが十二点稼ぐ間に倍の二十四点を奪われて逆転を許したってわけだ。

「……ヤバいね、ヒロユキ」

「……本当にな。まあ、簡単にいくとは思ってなかったが」

この十分間のハーフタイムでどれだけ逆転の策を練《ね》れるか、だが……正直、ちょっと厳しいのは厳しい。

「……っていうか、ヒロユキ？　アンタ、体力大丈夫？　凄《すご》くしんどそうだけど？」

「……そうだな。正直、口の中が血の味がしてる」

水杉の作戦——あの『藤田のマークを水杉がする』という作戦により、一気に攻撃のパターンを奪われた俺たち……というか、俺。桐生は流石《さすが》に相手のシューティングガードを抜いて攻めるほどの力量はないし、智美や秀明にはぴったりとマークが付いていてパスの出しようがない。結局、攻め手を欠いた俺が一人でドリブルで切り込んでシュートを、或いはロングレンジでシュートを打つ展開なんだが……これが結構キツイ。

「……馬鹿力なんだよな、アイツ」

腕についた青あざを見ながら一人愚痴《ぐち》る。流石パワーフォワードといったところ、身長も高いし力も強いんで、ちょっとした接触プレーでもガシガシ体力を奪われる。つうか、殆《ほとん》ど当たり屋だぞ、中西。

「しかもあの子、第二クォーターから手が付けられないわね。シュートも決まってるし……」

「ディフェンスがストレスだったんだろうな。気分屋っぽいし、藤田に良いように走り回られたのが溜まってたんだろう」

ああいうタイプは一度当たりだしたら手が付けられないからな。このまま、ずっと調子が良いと困りものだ。

「……なんか作戦、ある？」

「……考え中。でもまあ……正直、上手い案は浮かんでない」

なんといってもあの水杉、かなり巧い。中からも外からも打ってくるし、パスも一級品。バスケセンスもあり、視野が広いからかマークの甘い選手を見つけるのも上手だ。正直、ついていくだけで精一杯だ。

「……くそ」

……現役《げんえき》バリバリでやっていたら、きっと、もっとついていけてた。ディフェンスの入り、オフェンスの攻め方、シュート、パス……レベルの高い選手と当たれば分かりすぎるほど分かる、初動の遅さ。ワンテンポ遅い、というのを感じながら、それに体がついていかない情けなさ。

「……無駄な時間を過ごした、かな」

「……ヒロユキ」

「……俺がずっと現役でやっていれば……バスケを辞めてなければ、きっとついていけてたのに」

頭からタオルを取り、ぼんやりと天井を見つめる。視線を左右に移してみると、二階の観客席には決して少なくない観客が集まっていた。あの中の何処《どこ》かに、きっと瑞穂がいるのだろう。

「……瑞穂、観てるかな？」

「……理沙《りさ》からは到着した、って連絡は来たけど……」

「……良いところを見せてやりたかったんだけどな、瑞穂に。これじゃ逆効果だな」

「……そんなことないよ。ヒロユキは良くやってくれてるじゃん」

「……あんがとよ。でもまあ……流石に、此処《ここ》から勝つ方法を探すのは難しいな」

「……諦めるの？」

「そんなつもりはないけど……」

だが、正直打つ手がないのが本音のところだ。このチームの核になるのは俺だ。ポイントガードとして、水杉に勝たなければ、この試合には——

「東九条君！」

　少しばかり中空を見つめながら考え込む俺に掛かる声があった。桐生だ。

「……どうした？」

「私に！　後半は私にボールをちょうだい！　あのシューティングガードの子、きっと抜いてみせるから！」

　鼻息も荒くそう詰め寄る桐生。ちょっと落ち着けよ。

「抜いてみせるって……どうやってだよ？」

「こう、上手《うま》いことドリブルをしてよ！」

「上手いことって……」

　ふわっとしてんな、お前。そう思い、苦笑を浮かべる俺に尚も桐生は詰め寄る。

「何を笑ってるのよ！」

「いや、別に笑ったわけじゃないけど……でもな？　流石に『上手いこと』ってのはないだろ？　あのシューティングガードの木場は結構良いディフェンスをしてるし、いくらお前が――」

「でも！　私がもっと決めてたらこんな展開になってない！」

「――……」

「この試合、私はまだなにも出来てないわ！　折角《せっかく》、貴方の役に立てると思ったのに……私は、何も出来ていない……」

　そう言って唇を噛《か》みしめる桐生。

「そんなことはない。お前はよく頑張ってくれてる。相手が強いのは分かっていたことだし……そんなお前を上手く活《い》かしきれてない俺のせいだ」

「貴方のせいのわけがないじゃない！　貴方はシュートも決めているし、ドリブルで中にだって切り込んでいる！　あんなに身長差がある相手にも果敢《かかん》に攻めていってるし、中学ベスト8のポイントガードと堂々と渡り合ってるじゃない！」

「堂々とは渡り合ってねーよ。ついていくのがやっとだ」

「私はついていてさえいけてない！」

「それは……」

「東九条君、私は悔《くや》しいの。負けたくないの。だから——私にパスをちょうだい。必ず、貴方の役に立ってみせるから！」

　そう言い切り、俺を見つめる桐生。そんな姿を茫然《ぼうぜん》と見つめていると、俺の頭上に影が掛かった。

「……俺も、桐生の意見に賛成だ」

「……藤田」

「さっきのクォーター、俺はなんにも出来てない。水杉に完全に抑え込まれて、何一つ仕事をさせてもらえなかった。お前が俺の代わりに頑張って中西の相手をしてくれてるのを見てるのに、俺は何も貢献出来てない」

「……それは」

「分かってる。あいつの方が俺よりも経験も、実力も、何もかも上だろう」

でもな、と。

「――負けてヘラヘラ出来る程度の練習をしてきたつもりはない」

「……」

「……何か作戦をくれ、浩之。なんでもする。なんでも出来る。だから、俺に、俺たちに」

勝利を、と。

「……ヒロユキはさ？　結構、自分を追い詰め過ぎなんじゃない？」

啞然《あぜん》とする俺の肩を、ポンっと智美が叩く。

「……智美」

「別に貴方が水杉君に勝たなくても、桐生さんだって藤田だって、秀明だって……それに、私だっているじゃん。ヒロユキが水杉に勝てなくても、私たちがフォローするよ？」

「そうっすよ！　それに俺、前半はあんまり動いてないんで体力余ってますし？　なんならオールコートでプレスとか掛けれますよ？」

秀明もそう言ってこちらに笑顔を向けてくる。

「……お前ら」

「まさか諦めた、なんて言わないわよね？」

「おいおい、桐生？　俺らを此処まで焚《た》きつけたヤツがさっさと諦めるなんて……そんなの、俺の親友失格だ」

「そうね。私の許嫁《いいなずけ》も失格よ」

そうやって挑発的にニヤリと笑う二人。そんな二人に、俺も思わず笑顔を返す。

「……言ってくれるじゃねーか、素人《しろうと》どもが」

「おう。素人だ。だから、バスケの常識なんて分かんねーよ。こんだけ抑えられても、なんか勝つ方法があるんじゃねーかって思うぐらいにはな？」

「そうよ。ほら、あるんでしょ？　なんか方法が。出し惜しみしないでさっさと言いなさい。なんでもこの『素人』がしてあげるわよ？」

気持ちだけで、そんなに上手くいくワケがない。


「……上等だ。こき使ってやるよ」

——ないがしかし、この心強さはなんだろう？


「……秀明」

「はい？」

「お前、後半はパワーフォワードな」

「パワーフォワード……良いですけど、センターは？　まさか藤田先輩がやるんですか？　流石に無理がありますよ？　身長差ありますし……」

　バスケットボールというスポーツはポジションこそあるものの、どちらかと言えばなんでも出来る選手の方が好ましいが、ことセンターに関しては専門職的なところが多分にある。ゴール下で黙々とリバウンドを取る職人肌の選手が多いこともあるし、何よりフィジカルの強さと身長が求められるポジションであるからだ。極端な例を言えば、身長二メートルのポイントガードはありえるが、身長百七十センチのセンターはほとんどありえない、といった感じか。

「ディフェンスのセンターはお前がやれ。ただ、オフェンスではセンターのポジションに入る必要はない。ガンガン攻めて点を取れ。但《ただ》し、必ず入ると思ったシュート以外は打つな」

「……どういうことですか？　オフェンスリバウンド捨てるってことです？」

「有《あ》り体《てい》に言えばそうだ。藤田とお前、二人でパワーフォワードをやれ。センターの小林はゴール下から出てこないだろうから、お前と藤田の二人で水杉と中西のマークを引きつけろ。もし小林が出てきたら、お前はそのまま切り込め。小林、ずっとセンターの選手だろ？　バスケ人生の振り出しがポイントガードのお前の方が、ワン・オン・ワンは強い」

　二人が頷《うなず》いたのを見て、今度は視線を桐生に向ける。

「桐生はボール運びを頼む」

「私が？」

「そうだ。桐生はパスやドリブルはともかく、バスケＩＱは高い。状況判断能力も、それに視野も広いしな。小林がゴール下から出てこないで、藤田と秀明で掻《か》きまわせば必ずチャンスが来る。そこで桐生はフリーの人間にパスを出せ。俺は藤田バリに走り回って、必ずフリーになるから」

「……木場さんを抜かずに、ということかしら？」

「そうだ。無理なドリブルをせず、ボールをキープすることだけ考えろ。そうしたら俺が必ずフリーでお前のボールを受けるから」

「……分かったわ」

「ヒロユキ、私は？」

「お前は桐生のフォローだ。ボール運びを桐生だけじゃ流石《さすが》に難しいしな」

「それじゃ、私がボール運びしたら良いんじゃないの？」

「……技術はともかく、バスケＩＱはきっと桐生の方が高い」

どっちかって言うと智美は野生のカンで動くタイプだし。

「……ぶぅ」

「別にお前を貶《おとし》めてるわけじゃないぞ？　適材適所だ」

「……分かったわよ。それじゃ、そうするね」

「ああ。さっきも言ったが、桐生。俺が必ずフリーになる瞬間を作る。その瞬間を見逃さず、俺にパスをくれ」

「……貴方《あなた》から目を離すな、って宣言かしら？」

「そうだ」

「……」

「……なんだよ？」

「いえ……なんか、ちょっと情熱的ね？　『俺だけ見てろ』ってことでしょ？　きゅん、ってしたわ」

「……茶化すな」

「冗談よ。でも……そうね、目を離さないでおくわ。だから」

――格好いいところ、見せてね？　と。

「……ああ」

そう言って微笑《ほほえ》む桐生に、俺は親指を立てて。

「任せろ――オフェンスリバウンド？　何それ、美味《うま》いの？　ってぐらい、全部スリー、決めてやんよっ！」

第二章　逆転の狼煙

第三クォーター開始。俺らのボールから始まったこのクォーターはハーフタイムで話した通り、ボール運びを桐生《きりゆう》に任せる。

「……頼んだ」

「任せなさい」

桐生に託した瞬間、力強く頷かれる。少しだけ面映《おもは》ゆさを覚えながら、俺は相手コート陣内へ走る。

「……ボール運び、止めたんですか？」

「黙ってみてろ」

すれ違いざまに俺に声を掛けてくる水杉《みずすぎ》に一声返し、俺は藤田《ふじた》の様にコート内を縦横無尽《じゆうおうむじん》に走る。

「なっ！」

少しだけ驚いた様な水杉の声が遠くから聞こえる。俺のマークにつこうと走り込んできた中西《なかにし》を嘲笑《あざわら》うよう、秀明《ひであき》が中西の進路を邪魔するように体を入れた。

「っち！　邪魔だ！　どけ！」

「どくかよ、バーカ」

　中西同様、決して口が良いとは言えない秀明のそんな声。なんか悲しくなる。昔はもうちょっと可愛《かわい》げあったのに……秀明、哀れ。

「東九条君《ひがしくじょう》！」

　秀明のお蔭《かげ》で空《あ》いたスペースに走り込んだところで、桐生から絶妙のパスが来る。やっぱバスケIQ高いな、アイツ。ナイスパスだ。

「まずい！　フリーだ！　小林《こばやし》、フォローー！」

　水杉の声が響くが、もう遅い。反対サイドの小林が慌ててこちらにチェックを掛けてくる姿を見ながら、そのままパスを受け取った俺はゴールに向かってドリブルを――

「……え？」

　――しない。後ろにドリブルで下がると、目に入ったスリーポイントラインに両足を揃えてぐっと膝に力を込めて飛ぶ。

「……よし」

　力の入れ方、指のかかり、ボールの軌道。俺が思い描くスリーポイントの完成形であろう、イメージ通りに放たれたボールはそのままリングに掠《かす》ることなくネットを揺らした。

「ナイスシュート、東九条君!!」

　俺のシュートを見届けて、飛び上がって喜ぶ桐生。

「戻るぞ！　すぐに来る！」

「うん！」

小さく上げた桐生の右掌《みぎてのひら》にハイタッチ。そのまま自陣スリーポイントラインでボールを運ぶ水杉を待つ。

「……まさかスリーを打ってくるとは思いませんでしたよ。古川《ふるかわ》の動きも意外でしたし……ゴール下、捨てるつもりですか？」

俺の前でボールをドリブルしながら、そんな声を掛けてくる水杉。そんな水杉に鼻でふんっと笑って俺は応える。

「わざわざ戦略を教えてやる馬鹿はいねーよ……と、言いたいところだが、教えてやる」

「……傾聴《けいちょう》します」

ボールを木場《きば》に回した後、わざわざそう言って俺の前で立ち止まる水杉。向こうでワン・オン・ワンを繰り広げる木場と桐生を横目で見ながら、俺はもう一度ふんっと、鼻を鳴らす。

「……ゴール下、捨てるワケじゃねーよ。そもそも前提条件が違うんだよ」

「……前提条件？」

「ああ」

そう言って、俺は胸を張り。

「──捨てるんじゃねーよ。俺が全部、スリーを決めてやるんだよ。だから、捨てるんじゃねえ。オフェンスリバウンドは、そもそもいらねーんだよ。分かったか？」

少しでも、尊大に見える様に。

少しでも、自信があふれてるふうに見える様に。そんな俺の姿に、少しだけ技術で勝てないなら、気持ちでは負けない。そんな俺の姿に、少しだけ唖然とした表情を見唖然《あぜん》とした表情を見せながら、それでも水杉は鼻で笑う。

「……出来るわけ、ないでしょう？」

「さて、それはどうだろうな？　お前、俺が誰だか分かって言ってるのか？」

「萩原《はぎわら》さんに聞きました。県の選抜メンバーに選ばれた実力者、東九条浩之《ひろゆき》、でしょう？　昔は巧かったかも知れませんが……中三でバスケを辞めたくせに、なんでそんな大口叩けるんですか？」

「なんだ、知ってるのか。それじゃ――」

水杉の向こう、桐生が木場からスティールした姿が見えたと同時に走り出す。背中越しで二人の攻防が見えなかった水杉は一瞬、反応が遅れる。一歩、二歩、走り出しは俺の方が早い。

「東九条君！」

走る俺にボールが投げられる。後ろから、『何やってんだよ！』という中西の罵声《ばせい》が聞こえてきた。おいおい、中西君？　女の子には優しくしろよ？

「くそ！」

打たせまいと水杉が追いかけてくるのが分かる。そもそもの速力では向こうの方が速いのだろう。このままゴール下まで走れば、きっと追いつかれる。

「……ゴール下まで走れば、な?」

スリーポイントラインで急ブレーキ。キュっとバッシュが音を立ててその場に止まると、俺はそのままシュートモーションに入る。

「なっ! ショットが速い! 入るわけない!」

「……黙ってみてろよ」

水杉の言葉を背中で聞き流し、俺はそのままボールを放つ。うん、今回も完璧《かんぺき》だ。つうか、今までの試合でも此処《ここ》までイメージ通りに投げられたこと、ないかも知れん。

「……嘘、だろう……?」

綺麗《きれい》な放物線を描いてゴールに吸い込まれたボールを茫然《ぼうぜん》と見送る水杉。そんな水杉に視線を向けて。

「後学《こうがく》の為に、教えておいてやろう。『東九条浩之』じゃねえーんだよ」

「は?」

何を言われてるのか分からない。そんな水杉に、一言。

「――先輩には『さん』を付けろよ、後輩?」

◇◆◇

第三クォーター開始早々、スリーポイント二本。点数は逆転したが、その後は取っては取られの点取り合戦になったが……第二クォーターとは違い、リズムは完全にこちら側だった。

「ナイスシュート、ヒロユキ！」

「さんきゅ」

肩で息をしながら、本日四本目のスリーを決めた俺に智美がハイタッチを求めてくる。今日の俺、四の四、スリーポイント成功率百パーセントだ。

「神懸《かみが》かってるじゃん、今日のヒロユキ！　スリー、外してないもん！」

「……だな。実力以上が出てる」

マジで。現役《げんえき》の時でも四の四なんて出したことない。つうか練習でもこんなに決まったことないのに。

「だが……ラッキーだな。あいつら、相当俺のスリーを警戒してる」

第二クォーターで散々封じ込められた藤田の『犬』作戦だが、外から打ってくる俺が手が付けられない以上、どうしたって水杉が俺のマークに付かざるをえない。そうなれば、藤田と秀明、二人を相手にしなくちゃならない中西は骨が折れる。小林をゴール下から出したいところだろうが。

「……俺のスリーが落ちだしたら、折角《せっかく》ゴール下でリバウンド取り放題のアドバンテージ捨てることになるからな」

「実際、一回出てきた時に私のシュートが落ちたら藤田がリバウンド取ったもんね」

「あれもラッキーだよな」

スクリーンもなんにも出来てなかったのに、たまたま藤田の真上にボールが跳ねただけだ。それでも、一度そうなってしまったら勿体《もったい》なくてなかなか外に出れないのが人情ってモンだしな。アウトレンジのシュートがバシバシ決まるわけなんてないって常識では思うし……運も味方したよ、うん。

「くそ！　萩原、ちゃんとやれよ！」

「やってるわよ！　中西君こそ、きちんと守りなさいよね！」

「なんだと！」

「何よ！」

……加えて向こうさん、仲間割れまでしてやがる。萩原と中西は同じ中学ということで、他の皆よりは知らない仲ではないのだろうが……それが裏目に出たな。小林と木場はおろおろしてるし、本来チームを纏《まと》めるハズのポイントガードである水杉はさっきから肩で息をして俺を睨《にら》んでるし。おうおう。怖い、怖い。

「……勝てそうね？」

「……どうだろうな？　流石《さすが》にそんなに簡単にはいかないとは思うが……」

なんといっても地力は向こうの方が上だ。もう一度、何かやってくる可能性は高い。そうじゃなくても、このまま続けば。

「……体力的な問題もあるしな」

正直、桐生の疲労が心配ではある。藤田は体力お化けだし、智美と秀明は現役で体力があるが、桐生は別だ。

「……大丈夫か、桐生？」

「……私は平気。前の二試合は流し試合が出来たし、今の試合も然程《さほど》動いてないもの」

桐生の傍に行ってそう問いかけると、肩で息をしながらそれでも笑顔を浮かべる桐生。ふむ……まだまだ大丈夫そうだな。

「……私のことより貴方《あなた》はどうなの？」

「俺？」

「ええ。前半は自分より身長の高い相手とマッチアップしてたし、それじゃなくても水杉君の相手は疲れるでしょう？　一試合目も二試合目もフルで走ってたし……今は今で、シュートも決めてるし」

「あー……」

……まあ、正直、俺の体力が一番心配ではある。桐生の言う通り、マッチアップ相手も楽じゃないし、疲労は溜まってはいるが。

「……ま、大丈夫だろう」

んなこと、言ってる場合じゃないからな。

「……貴方がそう言うのなら、騙《だま》されておいてあげる」

「……さんきゅ。とりあえず、これからも俺にガンガンパス、回せよ？」

「ええ。そのつもりよ？　貴方が言ったんじゃない？　ちゃんと俺を見ておけって。フリーになったらパス出すから……お願いするわよ？」

「任せろ。俺の格好いい姿を見て惚《ほ》れるなよ？」

そう言って冗談交じりに笑ってみせる。そんな俺に、微妙な顔をしながら、曖昧《あいまい》に桐生が頷《うなず》いた。

「……あれ？　面白くなかった？」

「いえ……ええ、そうね。面白くはなかったわ。そもそも、惚れるなって……って、ちょっと思った。惚れるわけないいじゃない」

……ええ～……

「……何？　そんなに俺が嫌い？」

「そうじゃないわよ。ただ……『惚れる』って言うよりは、どちらかというと……」

「どちらかというと……？」

「……ううん、なんでもないわ。とりあえず、この試合は必ず勝ちましょう！　さあ、来るわよ！」

そう言って俺の傍から離れてディフェンスに向かう桐生。え、ええ～。気になるじゃん。

「……随分《ずいぶん》、余裕ですね？」

ボール運びを木場に任せて、俺の前で立ち止まる水杉。その顔には怒りと疲労がありありと浮かんでいた。

「……よう、水杉？　前半とは立場が逆だな？　どうした？　疲れてるように見えるけど？」

「っ――！　ちょっとスリーが決まってるからって偉そうに……！」

「四の四だからな。そりゃ、偉そうにもなるさ。な？　言った通りだろ？　オフェンスリバウンドなんていらねーんだよ」

ここぞとばかりに煽《あお》る。俺のその言葉に、作戦通りに逆上した様に顔を真っ赤にする水杉。さあ、冷静さを欠いたプレー、してくれよ？

「――なら、オフェンスで黙らせる！　貴方が何点取っても、それ以上に点を取れば負けない！」

「そう簡単にいかすかよ！」

「うるさい!!　木場さん、パス！」

「させない！」

木場がパスを出すと同時、桐生がそのボールに軽く触れた。指に当たり、少しだけ軌道が逸《そ》れたボールは丁度《ちょうど》水杉と桐生の中間地点に落ちる。落ちる……んだけど！

「追うな、桐生！」

「――え？　って、きゃあああ！」

走り込んだ水杉とボールを追っていた桐生が接触。体格差、男女差もあって桐生が勢いよく水杉に押し倒された。

「桐生！」

「桐生さん!?」

ピーっと笛が鳴り、試合が中断。慌てて駆け寄る俺たちに、少しだけ顔を顰《しか》めながら水杉が、次いで桐生が立ち上がってみせる。

「……大丈夫。怪我《けが》はないわ」

その場でピョンピョンと飛び跳ねてみせた桐生にほっと胸を撫《な》でおろす。試合もそうだが、こんなところで怪我なんかさせたら俺は一生悔《く》やむ。

「──おい、お前！　謝れよ！　桐生突き飛ばしといて詫《わ》びの一つもないのかよ！」

ファールはオフェンスファール、つまり水杉のファールだ。まあ、桐生がボールを触った後に完全に突っ込んだ形だから、当然と言えば当然だが。

「落ち着いて、藤田！」

「離せ、鈴木！　悪いの、アイツだろう！　一言謝るのが筋ってもんだろうが！」

ヒートアップする藤田を必死に羽交《はが》い締《じ》めにする智美《ともみ》。そんな二人をチラリと見て、水杉はふんっと鼻を鳴らす。

「……ファール取られたんだから良いでしょ、別に。バスケじゃあれぐらいの接触、普通にありますよ」

「なんだと!?」

「藤田君！　ダメ！」

尚も言い募《つの》ろうとする藤田を桐生が優しく押し留める。

「……私は大丈夫。ありがとう、怒ってくれて」

「……桐生がそう言うなら」

しぶしぶそう言って水杉を一睨み。そのまま、オフェンスに戻る藤田。

「……大丈夫か？」

「大丈夫よ。上手《うま》く受け身も取れたから、怪我はないわ」

「……無理、すんなよ？」

「だから大丈夫。それに、私が抜けたら試合が出来ないでしょ？　良いの？」

「……」

「……東九条君？」

「……瑞穂《みずほ》には悪いが、それならそれで仕方ない。誰かの為に、誰かが犠牲《ぎせい》になるのは違う」

「……ありがと。でも、大丈夫。本当に平気だから」

そう言って『むん』っと力を入れてみせる桐生。やめれ、可愛《かわい》いから。

「……それより、東九条君？　今、ウチのチーム、良い感じよね？」

「……だな」

五十三対四十二、点差は十一点。まずまず良い展開と言えよう。

「でも、このままいくとは思えない。少なくとも、私はそう思う。好事《こうじ》、魔多《まお》しとも言うし」

「……まあな」

確かに、このままいくとは思えない。いや、いけば良いとは思うんだが……

「だから、東九条君？　ちょっと試させてくれないかしら？」

「試す？　何を？」

「私が考えた『作戦』」

ちょいちょい、と俺を手招きする桐生。なんだ？

「ちょっと耳を貸して」

「耳？」

「しゃがんでってコト」

何が言いたいか知らんが……とりあえず、桐生の言う通り耳を桐生の近くに近付ける。女の子特有の、汗臭《あせくさ》さではない良い香りが鼻腔《びこう》を擽《くすぐ》って――

「…………マジ？」

――桐生の出した『作戦』に、そんな甘い気持ちは吹っ飛んだ。

◇◆◇

「……それじゃ、いくわよ？」

「……なあおい、本当にやるのか？」

「当たり前じゃない。心配しないで？　ダメだと思ったらすぐに止めるから」

「いや、その心配はしてない。作戦の成否はワンプレーで大体分かるだろうし……でもな？　俺が心配してるのはそうじゃないんだよ」

「そうじゃない？」

きょとんとした顔で首を捻《ひね》る桐生。お前、なんにも分かってないな？

「……その、さっきみたいな接触プレーだってあるだろ？」

「そうね。でも、そういうものなんでしょう、バスケって？」

「いや、そうだけど……その、なんだ？　こう……イヤな思いもするかも知れないし」

「……ああ、そういうこと？　何？　そんな心配してたの？」

「……まあ」

俺の言葉に可笑《おか》しそうに笑う桐生。いや、お前な？　笑いごとじゃないぞ？

「……大丈夫。そんなことで私は全然、傷ついたりはしないわ」

「……」

「……東九条君？」

「……俺が、嫌なの」

「……」

「……」

「……ふふふ」

「……何がおかしい？」

「いえ……ちょっとだけ嬉しくなって。そうね。そうならない様に気を付けるわ」

「……そうしてくれ」

「でも、それは貴方《あなた》もよ？　鼻の下伸ばしたプレーなんかしてみなさい？　許さないわよ？」

「するか。それじゃ……いくぞ？　ヤバくなったらすぐに言えよ？」

そう言って腰のところで手を打ち合わせる。俺にもう一度笑顔を見せると、桐生は自身のディフェンスのポジションに向かった。

「……」

まあ……桐生の言うことに一理はあるのだ、確かに。

『――次のプレーのディフェンス、私が水杉君に付くわ』

無論、リスクはある。

『さっきの接触プレーで思ったの。カレ、バスケ上手いでしょ？　なら、多分小さい頃からバスケばっかりしてたと思うのよね』

だが……試して見る価値もあり、それが後生大事《ごしょうだいじ》に抱えておくほどのカードではないのは確かだ。

『水杉君、さっきの接触プレーで私に覆《おお》い被《かぶ》さったでしょ？』

ならば――早めに切ってしまえ、という考えも分かる。

『――カレ、顔真っ赤にしてたわよ？　きっと、『女子慣れ』してないのよ。つまり……私がマークに付けば、きっと今までみたいなドリブルでカットインは出来ない。藤田君が有森《ありもり》さんの胸を触って、まともなプレーが出来なかったみたいにね？』

……以上、回想終了。確かにあの時の藤田なみのプレーレベルまで下がれば儲《もう》けものではある。なんせ、パスの起点は水杉にあるし、それを完全に抑え込めればかなりのアドバンテージにはなるが……

「……」

いかんせん、なんとも言えない『もやっと感』があるのは事実だ。そうはいっても接触プレーが少なからずある以上、桐生の体を水杉が触るってことで……なんとなく、嫌な感じだし、それを差し引いてもこう……なんだろう？　桐生に『女』をウリに勝負をさせている様で、あんまり良い気がしないのは事実だ。あの気高い桐生を、そんなことで貶《おとし》めて良いのか、という気持ちもある。

「……まあ、アイツが決めたんだ。従おう」

『気を付ける』って言ってたしな。もし水杉が変なことしたらぶっ飛ばしてやれば良いし……

そもそも、作戦は失敗の可能性も――

「――なっ！　な、なんで貴女《あなた》が!?」

「来なさい、水杉君！　私が貴方を完全にマークしてあげるわ！」

――なかった。明らかに狼狽《ろうばい》した様に、腰が引けたドリブルをする水杉に桐生の顔からこれ以上ない笑みが浮かんでいるのが見て取れた。

◇◆◇

桐生の作戦はドンピシャで当たった。まさに有森を前にした藤田状態、水杉のプレーは完全に前半とは別物と言って良かった。

まず、ドリブルで切り込むことを一切しない。桐生がチェックに行くと、すぐに後ろに下がり、過剰《かじょう》なまでに接触を避けようとする。当然、そうなれば攻め手を欠いた水杉のパスは精度を落とし、楽々とカットされる。シュートを打とうにも、桐生のディフェンスを意識してか切り込めてない位置からだから入らない。他のメンバーのお蔭《かげ》で点差こそそこまでだが、早々に崩壊するのは誰の目にも明らかだ。

「……はぁ。情けないですね」

「……なんなの？　おたくのチーム、マークに付いた相手に話しかけないといけないルールでもあんのか？　暇なの？」

「暇に決まってるじゃないですか。どうせ私と東九条先輩のマッチアップだったら私に渡しても無駄ですし。あれだけ舞い上がってる水杉君でもそれぐらいは分かるんじゃないですか？」

「……舞い上がってるのか、アレ？」

「あのポイントガードの女の人、綺麗《きれい》ですもん。水杉君、完全に動揺《どうよう》してますよ。ホント、正《しょう》南《なん》が聞いて呆《あき》れますよね？　パワーフォワードは粗野でガサツな馬鹿。センターは無口で根暗。それで、ポイントガードはちょっと女子にマークされただけで舞い上がるドーテー野郎ですよ？　先が思いやられますね、正南も」

「……口、悪すぎない？」

「本当のことだから良いんです。それに比べてそちらのチームの男性陣は紳士ですね～。センターの子、聖上《せいじょう》の古川君でしょ？　イケメンだし、バスケは上手《うま》いし……優良株ですね」

「……まあな」

良い奴だしな、アイツ。

「あのパワーフォワードの先輩もイイ感じですしね～。動きはあからさまに素人《しろうと》ですけど……仲間の為に怒れる姿って、イイですよね～。なんか、お姫様扱いって言うか！　ナイト様みたいじゃないですか！」

「……はぁ」

……何言ってんの、コイツ？　ジト目を向ける俺に木場がチラリと上目遣いをしてみせてくる。なんだよ？

「それに……貴方も」

「俺？」

「東九条浩之先輩、でしょ？　東九条茜《あかね》ちゃんのお兄さんの」

「……知ってるのか、茜のこと？」

「入学してすぐに遠征で京都に。そこで知り合いになったんです。試合もしましたよ？」

「へぇ。試合出れたんだ、アイツ」

「一年生同士の試合ですけど。茜ちゃん、凄《すご》く上手くて……その上で、楽しそうにバスケットをするんですね。試合後の懇親会《こんしんかい》でその話をしたら、『おにいの教えなんだ！　私にバスケを教えてくれたの、おにいだから！』って嬉しそうにしてました。それで、何気なく大会前にメンバー表見て『東九条』って名前でピンと来たんですよ」

「珍しい名字《みょうじ》だしな」

「そうですね。で、試合を観て確信しました」

「試合を観て？」

「プレースタイル、そっくりですよ？　茜ちゃんの生き写し……は、逆ですかね？　茜ちゃんが東九条先輩の真似《まね》をしてたんですね」

「……ポジション違うのにな、アイツと俺」

「似るところは似るんでしょ、多分。ポイントガード上がりって言ってましたし」

そう言って笑った後、少しだけ羨《うらや》ましそうに俺を見る木場。

「……なんだよ？」

「……茜ちゃん、良いな～って。こんな格好いいお兄さんがいて」

「……いい眼科、紹介しようか？」

「私、目は良いんです。お兄さん、格好いいですよ?」

「……なんなの、その『お兄さん』って」

「ふふふ。私、一人っ子なんでこーんな頼れるお兄さん、欲しかったんですよね～。お・に・い・さ・ん?」

「……社会的に俺を殺すつもりか、お前は」

……見ろ。水杉を必死にマークしながらこちらをチラチラと視界に納める度《たび》に、憤怒《ふんぬ》の表情を浮かべる桐生を。社会的の前に、物理的に殺されるかも知れん。

「……ああ、それも良いですね～。なら、私がこっちで東九条先輩の気を引きましょうか? あのポイントガードの先輩みたいに。私、これでもそこそこモテるんですよ?」

そう言って流し目を向けてくる木場。まあ確かに、可愛《かわい》らしい顔立ちはしてるしスポーツしてるだけあって体の線も綺麗だし、モテるってのも嘘じゃないだろう。

「女子高なのに?」

「大会とかで」

「んじゃ、その辺で相手見つけときな。なんなら、試合後に秀明紹介してやろうか?」

「……なーんか、カチンと来ますね? 私、東九条先輩に話してるんですけど?」

少しだけこちらを睨《にら》む木場に苦笑を浮かべる。

「東九条君!!」

と、同時、水杉のパスを桐生がカット。そのまま、攻守交替とばかりにドリブルで一気に駆けだす桐生。

「──ま、お前には荷が重いんじゃねーか、木場」

そう言い残し、俺は木場を置いて相手コートめがけて走る。今日の俺の定位置、スリーポイントラインに足を揃えたところでドンピシャのパスが手元に届いた。

「絶対に決めなさい！　外したら許さないわよ!!」

余程お怒りなのか、桐生の檄《げき》が飛ぶ。きっと、俺と木場の会話が気に喰わないんだろうが……完全に、冤罪《えんざい》じゃない？

「……外さねーよ」

俺の手から放たれたシュートは綺麗な放物線を描いてゴールネットを揺らす。ようやく自陣に戻ってきた木場の、睨むような視線を受けて俺は肩を竦《すく》めてみせる。

「……どういうことですか、荷が重いって」

「言葉通りの意味だよ。お前、俺のチームメイト誰か分かってんのか？」

「……あそこで今にも貴方を射殺さんばかりに睨んでる人でしょ？」

「……」

……うん、桐生。美少女がしちゃダメな顔してる。笑顔に！

「……まあ、そういうわけだ」

「どういうわけですか！」

「だから」

ずんずんとこちらに向かってくる桐生を親指で差し。

「——あんな美少女と一緒にいるんだぞ？　ちょっと可愛いぐらいのお前の魅力なんて、霞むに決まってんだろうが。俺を靡《なび》かせようと思うんだったら、桐生ぐらいの良い女になってから出直してこい」

「——っ！」

唇を噛《か》みしめてこちらを睨む木場にもう一度肩を竦めて。

……さて、どうやって言い訳をしようかと内心びくびくとしている俺の耳に、『タイムアウト！』という審判の声が響いた。

「……」

……ああ、なるほど。俺の一分間の地獄が始まるのね？

◇◆◇

バスケットでは試合中に何度か『タイムアウト』という作戦タイムを取ることが出来る。

「……」

……うん。本来ならタイムアウト中に作戦を考えたりするんだよ？　するんだけど……俺の隣で不機嫌も露わにむすっとした表情を浮かべる桐生のせいでなんとなく空気が居《い》た堪《たま》れない。あれ？　タイムアウトってこんな殺伐《さつばつ》としてたっけ？　他のチームメイトは俺らから距離を取って遠目で見てるし。薄情な奴らめ！

「……鼻の下」

「……はい？」

「鼻の下、伸ばすなって言った」

「……伸ばしてないんですが……」

「嘘ばっか。あの子、可愛らしいもん。マッチアップの度にニヤニヤしてたじゃない。気持ち悪い」

「気持ち悪いって」

いや、そもそもニヤニヤなんかしてないんだが。そんな俺の無言の抗議にも、『むぅ』とした表情を浮かべたままの桐生。

「……何話してたのよ？」

「何って……取り留めのない話？」

「言えないようなことを話してたの？」

「いや、そうじゃないが……」

……どう答えようか？

「……ともかく、そんな大した話はしてない」

「……」

「……悪かったよ。試合に集中してない様に見えたか？」

「……そうじゃないけど……」

「それとも嫉妬《しっと》か？」

少しだけ揶揄《からか》い気味にそう言ってみせる。俺のその言葉に、『キッ』とこちらを力強く睨む桐生。それも数瞬、ぷいっと視線を逸《そ》らした。

「……そうよ？　悪い？」

「……」

「……私には俺を見ておけって言ったくせに、貴方《あなた》は全然、私の方見ないじゃない。さっきも接触プレーしてイヤな思いをしないかって心配してくれて嬉しかったのに……その舌の根も乾かないうちに、ほかの女の子にデレデレしてたら、良い思いはしないわよ」

「……その……別にデレデレしてたワケじゃないけど……すまん」

「……ううん。別に私が怒ることじゃないし……本当にデレデレしてたと思ったワケじゃないのよ。でも、なんとなく、貴方があの子と話して、笑ってる姿を見て」

ちょっとだけ、寂しかった、と。

「……」

……笑っては……ああ、まあ、苦笑ぐらいは浮かべたかも知れんが。

「……悪かったよ」

「……でもまあ、本当にデレデレはしてないぞ？　つうか……むしろ、言ってやった」

「……何を？」

「悔《くや》しかったら、桐生ぐらいの良い女になれ、って」

「……」

「……」

「……どういう会話の流れでそんな話になるの？」

「……どういう会話の流れだろうな？」

多分、あの会話は迷子だったんじゃね？　首を傾《かし》げる俺に、桐生がようやくその顔に笑みを浮かべる。

「……ねえ」

「なんだ？」

「頭、撫《な》でてくれない？」

「はい？」

「さっきね、ボール取った時に、水杉君の手が私の髪に触れたのよ」

「……はぁ」

「だから、頭撫でて？」

「……意味が分からんが？」

何？　此処《ここ》でも会話が迷子なの？　そんな俺に、少しだけ苛立《いらだ》った様子で桐生は。

「……なんとなく、嫌な気分なの。だから」

貴方が、上書きして？　と。

「……」

子猫が頭を擦りつけるような仕草でぐいっと頭を寄せてくる桐生。いや、桐生さん？　今はこう、神聖な試合中ですし、周りの視線も痛いですので——

「……だめぇ？」

——その上目遣いは反則でしょう？　ため息一つ、俺は桐生の頭に手を乗せて優しく撫でる。

「……あ……ん……ふふふ……」

頰《ほお》を緩《ゆる》めて嬉しそうに微笑《ほほえ》む桐生。その笑顔がとても綺麗《きれい》で、思わず俺は視線を外す。顔が熱くなりそうだ。

「……恥ずかしくねえのかよ、お前？」

「何が？」

「公衆の面前で頭撫でられて」

「馬鹿ね」

「何が？」

「恥ずかしいに決まってるでしょ？　皆に見られて、子供の様に頭撫でられて」

「……んじゃ止めない？」

「ダメ」

「……なんでさ？」

「……こうしておけば、悪い虫が寄ってこないでしょ？　貴方、モテるみたいだし？　こうしておけば『私のだ！』って主張出来るじゃない？」

「……虫って。つうか、別にモテてないって」

「そう？　でも、もしかしたらこれからモテるかも知れないわよ？」

「何を根拠に？」

「……バスケをしてる貴方、格好良かったもん。シュートも決めるし、ドリブルもパスも凄《すご》く上手《じょうず》。鈴木《すずき》さんや賀茂《かも》さんが貴方に熱を上げる気持ちは分かるわ」

「……」

「……そして、私も」

「桐生？」

少しだけ驚いて桐生を見やる。そんな俺の視線に気付いたか、桐生がにこやかに笑ってみせた。

「──凄く格好良かったわよ、東九条君。貴方が許嫁《いいなずけ》で……私、とっても嬉しい」

「……そりゃどうも」

「あら？　照れてるのかしら？」

「……勘弁してくれ」

「やーだ。勘弁してあげなーい」

楽しそうに笑う桐生。そんな桐生に肩を竦《すく》めてみせて。

「……なあ？　あいつら、試合中に何イチャイチャしてんの？」

「……凄いっすね、浩之さんも桐生先輩も。恥ずかしくないんですかね？　いや、正直ちょっと見てられないんですけど？」

「……っていうか、桐生さん、ズルくない？　いいなー。私もヒロユキに頭撫でられたーい！」

「欲望丸出しだな、鈴木……って、秀明？　なんでお前ちょっと涙目なの？」

「いえ……なんとなく、『越えられない壁』を感じまして。つうか智美さん、マジ酷《ひど》いっす。いえ、吹っ切れてますよ？　吹っ切れてますから、別に良いんですけど……それ、俺の前で言うの酷くないです？」

「な、何があったか知らんが……な、泣くなよ、秀明。そ、そうだ！　この試合終わったら、なんか奢《おご》ってやるから！　な？」

「……藤田先輩、良い人ですね……」

「や、さめざめと涙を流すなよ!?　え？　何このカオスな空気？　ちょ、待って？　タイムアウトってこんな感じなの!?」

……向こうで騒ぐチームメイトの姿が視界に入った。つうか藤田、マジでごめん。今度なんか奢るから。

◇◆◇

タイムアウト終了後、一様に砂を噛《か》んだ様な表情を浮かべるチームメイトに見られながら俺と桐生はコートに戻る。第三クォーターは残り三分。第四クォーターの八分を加えても十一分だ。六十八対五十二と点差は十六点、セーフティーとは言えないまでも、まずまず点差はある。

「……このままいけば良いわね」

「お前、それ、フラグだぞ？」

ポロリと零《こぼ》した桐生の言葉に突っ込む。いや、別にフラグを信じるわけではないが、こういうことはちゃんと験《げん》を担《かつ》いでおかないとどうなるか分からんからな。

「ごめん。でも……今までのペースなら」

「……確かにな」

後半が始まってから精彩を欠いている向こうの面々だ。一分間のタイムアウトで何処《どこ》まで立て直せているか、だが……顔を見る限り、水杉は疲労が抜けてないし中西はイライラしている様に見える。木場はこっちを睨《にら》んでいるが……まあ、それは置いておいて。

「……油断はするなよ？　そうはいっても向こうは全国常連校だからな。一年とはいえ」

「分かってるわよ。貴方《あなた》もね」

軽く手を打ち合わせて、俺はマークに付く為に木場の元へ。憎々し気にこちらを睨む木場に肩を竦め、黙々とマークに励《はげ》む。

「……ムカつきますね、先輩。絶対抜いて点を入れてやります」

そんな俺に敵意むき出しで言葉を放つ木場。正直、さっきのは『言い過ぎたかな？』と思ったが……ふむ。コイツがこういう性格なら、ちょっと試してみるか。

「やれるものならやってみろ」

「その言葉、後悔《こうかい》しないで下さいよ？」

相変わらず精彩を欠くオフェンスをする水杉から木場へパスが渡る。明らかなミスマッチであるにも拘《かか》わらずこっちにパスを放るあたり、この一分間の休憩で冷静さは取り戻せてない様だ。

「……来い」

「言われなくても！」

ドリブルでカットインを仕掛けてくる木場。ポイントガード上がり、確かにドリブルは上手い。『抜いてみせます！』なんて言ってはいたが、それでも試合を優先してか確実にパスコースを探す目の動きをしている。良いガードだ。

「……おいおい？　抜いてみせてくれるんじゃなかったのか？」

——だからこそ、煽《あお》る。

「……」

「ワン・オン・ワン中にパスコースを探すあたり、やっぱりガードだよな？　フォワードならガンガンドライブかけて点とってくるし」

「……うるさい」

「ほら、見てみろ？　水杉、フリーだぞ？　パス、出さなくて良いのか？　どうせお前、俺を抜けやしないんだし……」

……『逃げて』良いんだぞ、と？

「煩《うるさ》い!!」

激情した様にドライブを掛ける木場。が、そんなドリブルでは抜かせない。少しだけ体を詰めて激しくマーク。

「ほれ、抜いてくれるんじゃなかったのか？　それともアレか？　俺がお前らのポイントガードみたいに、緊張して動けなくなると思ったか？　残念。さっきも言ったけど、お前ぐらいの女じゃドキドキしねーよ。桐生並みの良い女になって出直してきな？」

いわゆる、『トラッシュトーク』というヤツだ。試合前、或いは試合中に相手に対して挑発したり野次ったりする作戦である。まあ俺自身、あんまり使い慣れてはいないが。

「だったらシュートを打てばいいんでしょ!!」

効果はあるっぽい。憤怒《ふんぬ》の表情でこちらを睨む木場に、俺は意識的にヘラヘラと笑ってみせる。

「どうぞ。ああ、ハンデだ。飛ばないでおいてやろう」

「っ！　舐《な》めないで！」

シュートモーションに入る木場にもう一歩、体を詰める。

「ほれ、打ってみろよ？」

「っ!!」

一歩の詰めで少しだけバランスを崩し、さらに俺の言葉で怒りそのままシュートを放つ木場。力加減も、軌道も、シュートフォームのその何もかもがバラバラ。流石《さすが》にこれじゃ入るものも入らない。意外……でもなんでもないが、ショットはメンタルの部分が大事だからな。

「っく！」

「約束通り、飛ばないでやったのに」

打った瞬間に自分でも分かったのだろう、木場が俺の言葉に悔《くや》しそうに唇を噛む。ゴール下には秀明、藤田、中西の三人。リングに弾かれたボールに、三人が同時に飛びつこうとジャンプをして。

「……え？」

その隙間《すきま》を縫《ぬ》う様に、『にゅるり』と長い手が伸びた。三人の伸ばした手の間をまるで嘲笑《あざわら》うように掻《か》い潜《くぐ》ったその手は弾かれたボールを空中で掴《つか》むと、リングにそのまま叩き込む。

「……」

リングにぶら下がることをよしとせず、淡々と手を離してこちらを射貫《いぬ》くような視線を見せるその男は、今まで全く目立たなかったセンターの小林だった。

「……マジかよ」

あいつ、ゴール下にいなかったぞ？　なのにあそこまで走った上で、三人からボールを奪ってダンク決めてみせたのかよ。

「……！　き、切り替えよ！　さあ、プレー再開よ！」

ゴールに入ったボールを拾って桐生がエンドラインに立つ。そのパスを受ける為に、俺は木場からマークをずらして。

「──なっ！」

エンドラインに立ってスローインをしようとした桐生から驚愕《きょうがく》の声が漏《も》れる。目の前で両手を広げて立ち塞《ふさ》がった小林の行動に。

「……っく！」

「……」

小柄な桐生に対し、バスケのセンターを務めるほどの大柄な小林。桐生の視界はすっぽりと隠され、パスコースを探すこともままならない。

「……」

今まで全く動くことのなかった小林の意外なプレーに、俺も思わず思考が止まる。無論、俺だけではない。秀明も、智美も、今までディフェンスではゴール下で立ち塞がっていただけのこの小林の行動に一瞬、虚を衝《つ》かれて動けていない。つうか、そもそもセンターが真っ先にオールコートを仕掛けてくるという『常識』が俺らにはない。

「……っ！　まずい！」

時間にして二、三秒。だが、バスケットに取って致命的なそのタイムロスに気付いて俺は桐生めがけて走り出す。

「桐生！　出せ！」

「東九条君！　だ、ダメ！　出せない！　弾かれる！」

「良いから！　早く――」

ピーっと。

「え？　え？」

……バスケでは、シュートが決まった後のエンドラインから五秒以内にボールをスローインしないとヴァイオレーションというファールを取られ、相手チームにボールが移る。審判に促されるままボールを渡し、まるで狐に抓《つま》まれた様なきょとんとした表情を浮かべる桐生。

「……失敗した」

完全に教えるのを失念していた。桐生がボールをスローインする機会もないし……あっても、このケースを想定してなかったからだ。完全に俺のミスだ。

「こ、小林！　ナイス！」

「よ、良くやった、小林！」

茫然《ぼうぜん》とその光景を見守っていた水杉と中西が口々にそう言って小林の肩を叩く。チームメイトのそんな祝福を受けながら、審判から受け取ったボールを水杉に渡して。

「――勝ぁ――――――――――っ!!」

今まで目立たなかった小林の、腹の底からの咆哮《ほうこう》が体育館に響いて。

「……やべーな、これ」

試合の『潮目』が変わったことを、俺は悟った。

幕間　私の大好きな、東九条浩之先輩

体育館の二階に常設されている座席に座って、試合の推移を見守っていた私は、ぎゅっとその手を握り込む。第三クォーター序盤までリードを保っていた浩之《ひろゆき》先輩たちのチームは、センターの子のダンクから一転、攻め続けられていた。

「……瑞穂《みずほ》」

隣で座る母親が握り込んで白くなった私の手をぎゅっと握る。優しくほぐすように、指を一本、また一本と解いていく。

「……痣《あざ》になっちゃうわよ？」

「……お母さん」

「……私も瑞穂の試合、何回も観に行ってるからね。ある程度、バスケットのことも理解してるつもりだったけど……ワンプレーで此処《ここ》まで流れ、変わるのね」

「……うん。あのセンターの子の大声で、一気に雰囲気《ふんいき》変わっちゃった」

実際、あのダンクからこっち、全然浩之先輩のチームはボールを相手陣内まで進めることすら叶っていない。十六点あった点差は僅《わず》か六点まで縮まり、第三クォーターが終わった。

「……大丈夫かしら、浩之君たち」

「……分かんない。相手のチーム、正南《しょうなん》と東桜《とうおう》女子の連合チームだし……地力では、あっちの方が上だから」

心配そうな顔を浮かべるお母さんに、私は気のない返事を返す。此処で希望的観測を述べられるほど、正南と東桜女子の看板は安くない。

「瑞穂！　……と、瑞穂のおばさん？」

と、私たちが観戦している席に一人の大柄な女子が歩いてくる。雫《しずく》だ。

「あら、雫ちゃんじゃない。久しぶりね？」

「ご無沙汰《ぶさた》しています。えっと……中三の最後の試合以来ですかね、お逢《あ》いするの」

「そうね。折角《せっかく》だし、もうちょっとお話ししたいけど……」

そう言ってお母さんはチラリと私を見る。

「……此処に私がいない方が良いかしら？　雫ちゃん、瑞穂頼める？」

「はい！」

それじゃよろしく、と言ってお母さんは席を立つ。その席に雫が座ると、私に視線を向けた。

「理沙《りさ》から聞いた？」

「……うん」

「皆、頑張ってる。瑞穂の為に」

「……うん」

「恩に着ろって言うつもりはないよ？　でも……ブランクのあった東九条《ひがしくじょう》先輩も、素人《しろうと》だった藤田《ふじた》先輩も……それに、桐生《きりゅう》先輩も皆、あの正南と東桜女子の連合チームに喰らいついているよ？　良い試合、してると思わない？」

「……うん」

「……別に、バスケットをやめる選択肢《せんたくし》を私は否定しない。否定しないけど……」

でも、と。

「……もう少し、考えてからでも良いんじゃない？」

その問いかけに応えることを躊躇《ためら》った私の耳に、第四クォーター開始を告げるブザーの音が響いた。

◇◆◇

「いけ！　そこだ！　……よし！　ナイスシュート、東九条先輩！」

第四クォーターは今までの試合展開から一転、激しい点取り合戦になった。お互い、ディフェンスなんて知らないのではないのかと言わんばかりの超オフェンス的な展開。ボールを持ったら速攻で攻めて点を取り、オールコートでプレスを掛け、まるで攻める様なディフェンスでボールを奪う。取ったら取られ、また取ったら取られを繰り返す展開。

「……にしても東九条先輩、凄《すご》いね。今のでスリー十本目だよ？　良く決めるわね、本当に」

「……スリーは」

「ん？」

「……スリーは私たち、チビの生きる道だから」

「……そっか。でも、私は東九条先輩、スリーだけの人とは思わないけどな～」

雫の言葉にこくりと頷《うなず》く。昔から、浩之先輩は凄かった。背の低さはバスケでは不利なハズなのに、そんなことを感じさせない、生き生きとドリブルする姿は見ていて爽快《そうかい》で、トリッキーなパスを繰り出す姿にいつも憧れて。

「……ああ」

――そして、今スリーポイントを決めて、子供の様に笑ってガッツポーズをする姿に、いつもドキドキして。

「……瑞穂？」

「……ははは」

そんな浩之先輩に少しでも近づきたくて。

そんな浩之先輩の姿が、とっても格好良くて。

そんな浩之先輩に、認めてもらいたくて。

「――ああ、そうだった」

──そして、何より。

「そんな浩之先輩とする『バスケット』が……私は、何より楽しかったんだ。大好きだったんだ……」

「……瑞穂」

「……忘れてた」

バスケが好きで。

バスケが大好きで。

何よりもバスケットボールというスポーツが大好きで、大好きで、大好きで、堪《たま》らなかったのだ。楽しかったのだ。

「……ああ！」

相手チームのスリーポイントが決まる。これで八十五対八十二と点差は僅か三点。悔《くや》しそうにしながら桐生先輩がボールをエンドラインから投げ入れ、そのまま浩之先輩にパス。そのパスを受け取った浩之先輩はそのまま走り出そうとして。

「──あ！」

足を縺《もつ》れさせたかのように、そのまま倒れ込んだ。転々と転がるボールにいち早く反応したのは相手のポイントガード。そのまま、ボールを奪うとスリーポイントラインからシュートを放つ。

「浩之先輩!!」

ネットを揺らすボールなんて、見えちゃいなかった。私の頭の中ではあの日——自らが努力を奪われた記憶がフラッシュバックし、思わず体がブルリと震える。

「……だ……やだ……」

浩之先輩まで、靭帯《じんたい》を切ったら？　それじゃなくても、何か怪我《けが》をしたら？

——私の為にしてくれたせいで、浩之先輩が傷ついたら？

その想像があまりにも怖くて、私は思わず目を瞑り、ぎゅっと手を握り込む。

「……大丈夫」

そんな私の手に、雫の手が優しく重なった。

「……大丈夫だよ、瑞穂。ほら」

おそるおそる目を開けて視線を下に向けると、そこでは秀明が浩之先輩の足を伸ばしている姿があった。

「……攣《つ》っただけみたいだよ。まあ、アレだけ走り回ってたらそうなるわよ」

少しだけ痛そうに足を引きずって、ぴょんぴょんとその場でジャンプしてみせる。心配そうにする桐生先輩に片手を上げて、浩之先輩は袖《そで》で顔を拭《ぬぐ》ってスコアボードを見やる。

「……追いつかれちゃったか」

「……うん」

今のプレーで八十五対八十五の同点だ。残り時間はあと一分を切っている。

「あ！」

雫の声が響く。浩之先輩から投げ入れられたボールを取った桐生先輩に、相手のポイントガードとシューティングガードがダブルチームを仕掛けたからだ。正南と東桜女子のガード二人から攻められて、初心者の桐生先輩が敵《かな》うわけもなく、あっけなくボールを奪われた。ボールを取ったポイントガードが、そのままシュートモーションに入る。

「浩之先輩!!」

そんなポイントガードに浩之先輩がチェックに入る。攣ったばかりの足で懸命にジャンプし、微《かす》かにボールに触れた。

「――秀明《ひであき》!!」

浩之先輩の声が響く。ゴール下では待ち構えていた秀明と、こちらのチームのパワーフォワード……おそらく、あの人が藤田先輩だろう。藤田先輩が同時に跳んだ。

「邪魔だ！」

そんな二人を押しのけるよう、相手チームのパワーフォワードも跳ぶ。身長的には大差ない相手、二対一の数的有利もありながら。

「小林《こばやし》！」

それでもリングに弾かれたボールは無情にも相手チームのパワーフォワードに渡る。空中でボールをもぎ取ったパワーフォワードが走り込んできたセンターにパスを投げる。

「――っ!!」

ガン、とリングに叩きつける様にセンターがワンハンドダンクを決めてみせる。ぐっと拳を握り込んだ相手チームのセンターが視線を向けた先には、スコアと残り時間『12』と示された時計があった。

「――っつ！　戻れ！」

と、そのセンターがすぐさま自陣に向けて走り出す。その視線の先には誰よりも早く相手陣内に向かう浩之先輩の姿があった。

「浩之先輩!!」

思わず立ち上がり叫ぶ。攣った足が痛いのだろう、少しだけ足を引きずる様にしながら走る浩之先輩。相手チームのポイントガードが、エンドラインでボールを持つ秀明にボールを入れさせない様に必死のブロックをしてる。

「智美《ともみ》さん!!」

高い位置から放たれたボールを智美先輩が受け取ると、そのまま相手陣内にドリブル。が、すぐに相手のパワーフォワードがチェックに入る。

「藤田！」

引きつけるだけ引きつけ、智美先輩から藤田先輩にボールが渡る。そのまま、藤田先輩は大きく振りかぶり、相手陣内に走り込んだ浩之先輩にボールを投げる。

「させるか！」

——投げる、フリをする。釣られて跳んだ相手のパワーフォワードにニヤリとした笑みを浮かべると、後ろから走り込んだ桐生先輩に優しくパスを出す。

「任せた！」

「任せなさい！」

一歩、二歩でトップスピードに乗った桐生先輩が相手のシューティングガードを抜き去る。そのまま、浩之先輩に向けてパスを出す。

「——東九条君!!」

ボールは浩之先輩の少し前に落ちる。普通の浩之先輩なら楽々間に合っていただろうが、今は足を攣った直後、予想以上にスピードが乗っていなかったのか、追いつかないボールに必死に手を伸ばす。

「……け」

が、無情にもボールに手が届かない。さらに一歩、足を踏み出そうとして浩之先輩がバランスを崩す。

「ああ!?」

隣で雫の悲鳴が上がる。そのまま、浩之先輩はバランスを崩して倒れ——

「————いっけ————！　浩之先輩!!!」

——倒れ、ない。ぎゅっと左足を踏みしめてボールを掴《つか》む。

「——させない！」

スリーポイントラインから放たれようとした浩之先輩のシュートを防ぐよう、相手チームのセンターが飛ぶ。同時、浩之先輩も跳ねた。

「——フェイドアウェイ!?」

後ろに。ブロックの軌道から外れるよう、放たれたボールは綺麗《きれい》な放物線を描いてゴールに向かう。同時、試合終了を告げるブザーが会場内に鳴り響いた。

「——入れ！」

リングに、ガン、ガン、と二回跳ねたそのボールは。

「——っ！　瑞穂!!」

「っ!!」

——リングを舐《な》める様に回り、ネットに吸い込まれた。

第三章　だいじなもの

既に、口の中は血の味しかしない。

はぁ、はぁと荒い息を吐きながら、俺は顎《あご》から滴《したた》り落ちる汗を拭う。第三クォーターの半分と、第四クォーターの結構な時間、随分《ずいぶん》と走りっぱなしできた。止まっていたら聞こえるほど、心臓はバクバクいってるし、視界も朦朧《もうろう》としてきた。つうか、ヤバい。結構、吐きそう。

「……顔色、悪いですよ。大丈夫ですか」

「心配してくれてありがとよ」

俺のマークを外そうとしながら話しかけてくる水杉《みずすぎ》に言葉を返しながら、必死に喰らいつく。そんな俺の鬼気迫る表情に少しだけ怯《おび》えた様な表情を浮かべながら、それでも水杉は歯を食いしばる。

「……木場《きば》さん！」

桐生《きりゅう》とマッチアップしていた木場が、そのマークを外してスリーポイントを放つ。入るな、と祈る俺の心とは裏腹、美しい軌道を描いたボールはネットに吸い込まれた。これで八十五対八十二。点差は三点だ。

「ごめん、東九条《ひがしくじょう》君！」

「気にするな！　リスタートだ！」

すぐにエンドラインでボールを拾った桐生が俺にボールを投げ入れる。そのボールを拾って、俺はすぐさまドリブルに。前からマークを仕掛けてきた水杉にフェイント一つ。右から仕掛けて左に抜けようとして。

——唐突《とうとつ》に、左足が攣《つ》った。

踏ん張ろうとするも流れる様に俺の体はコートに投げ出される。少しだけ驚いた様にその姿を見ながら、転がったボールを拾った水杉はスリーポイントラインからフリーでショットを放つ。

「——っち！」

「……勝負です。悪く思わないで下さい」

チラリと俺に視線を向けた後、淡々と自陣に戻る水杉。入れ違い、秀明《ひであき》が俺の方に駆けてきた。

「浩之《ひろゆき》さん!!　大丈夫ですか!?」

「わりぃ。足、攣った。大丈夫だ」

俺の言葉に一つ頷《うなず》くと、秀明は俺の足を持ってぐっと伸ばしてくれる。さっきまでピンと張った様な感覚だった足に、徐々に正常な感触が戻ってくる。

「……もう大丈夫だ」

「……大丈夫ですか、って聞くのは無粋《ぶすい》ですよね？」

「そうだな。大丈夫じゃねーって言ってもどうしようもないし」

チラリと視線を送ったスコアボードには八十五対八十五の同点の数字が刻まれていた。残り時間は既に一分を切っている。

「……スリー狙いでいくか」

「……延長戦になったら絶対勝てないですしね。此処《ここ》一本、必死で取って後は守り切りましょう」

「だな。それじゃ、いくか」

審判にペコリと頭を下げて、俺はエンドラインに走る。受け取ったボールを桐生に投げ入れて。

「なっ！」

自陣に戻っていたハズの水杉と木場が、ボールを投げ入れた瞬間に物凄《ものすご》い勢いで桐生目掛けて突っ込んでいく。オールコートの常識であろう、そのままその場で留まることをせずに一度自陣に帰ってからの怒濤《どとう》のランに、桐生も少しだけ焦った表情を浮かべている。まずい。

「――っ！」

一歩、足を踏み出した瞬間に感じる攣った様な感覚。

「もらった！」

「あ！」

桐生の手からスティールでボールを奪う水杉。そのまま、一歩ドリブルをしてシュート。

「っ!!」

足が棒の様になった感覚を覚えながら、それでも俺は少しでもボールに触れる様に手を伸ばす。指先が少しだけボールに触れ、シュートの軌道が微妙にずれる。

「――っ! まずい!」

「小林《こばやし》!」

そのボールを取ったのは中西《なかにし》。そのまま空中で放られたボールを取った小林はワンハンドでダンクを決めて、こちらに視線を向けて。

「――っつ! 戻れ!」

そんな姿を視界に入れることすらせず、俺は走る。点差が二点なら、やることはもう一緒だ。最後の最後、スリーポイントを決めるだけだ。

「東九条君!!」

桐生の声が聞こえた。少しだけ振り返ると、そこにはボールをこちらに投げる桐生の姿が視界に入った。きっと、少しでも前に行かす為、俺の視線の前に落ちたボールに手を伸ばして。

「――あ」

不意に、ぐらっと体が揺れる。左足に、全然力が入ってない。

「――……」

俺の目の前で、タン、タン、と二回跳ねるボール。そのボールに手を伸ばすも、あと一歩、左足の一歩分届かない、そんな感覚に。

――もう、無理だ。

……別にいいじゃないか。

……一生懸命やったさ。

……二年もブランクがあるんだ。こんなものだろう？

……準優勝でも立派なもんだよ。一年生とは言え、相手は『あの』正南《しょうなん》学園と、東桜《とうおう》女子の混成チームだぞ？　バスケ界の名門で、毎年県で優勝するようなチームだ。

……二年後、あいつらの世代が全国で華々しい活躍を約束されたような、そんなチーム相手に、良く健闘したほうじゃないか。

――もう、良いじゃないか。

そんな、思考が、頭の中を、駆け巡り、俺はそのままコートに倒れ込んで。

「――浩之先輩!!」

不意に、瑞穂《みずほ》の声が聞こえた。

「――良いわけ、あるかぁ――――――――――――――――!!」

完全に流れた左足を意志の力でねじ伏せ、コートに足を付ける。そのまま、もう一度その左足に力を込めて目の前のボールを掴む。

「いっけ――――――!!」

……悪かったよ、瑞穂。泣き言言って。

そうだよな？　こんなところで諦めたら、俺、お前になんにも言えねーよな？

「させるか!!」

後ろから走ってきた小林が俺の前に回る。チラリと時計を見ると残り時間は五秒。スリーポイントラインぎりぎりで止まった俺は、そのままシュートモーションに入る。

「甘い!!」

……だよな。身長差、二十センチ以上あるし。俺のシュートなんて、お前からしたら簡単にブロック出来るよな？

「──なっ！」

だから俺は、そのまま後ろに跳ぶ。相手から体を離すように飛んで打つ──フェイドアウェイ。

「くっ！」

ブン、と振り下ろされた小林の腕が宙を切る。小林の頭の上を放物線を描いて飛んでいくボール。

……ガン。

どこからか、試合終了を告げるブザーの音が聞こえた。

リングの手前に、ボールが当たる。真上から落ちたボールだった為、そのままボールが垂直に跳ねる。

──いつしか、体育館中の音が消えていた。静まり返った体育館で、ボールの跳ねる音だけが聞こえる。

リングを舐《な》めるように回っていたボールは、その行く先を決め、ゆっくりと重力に従うように落ちてきた。


そう……ネットに吸い込まれるように。


「……」

ボールの音が消えた体育館。そう、本当に、何もかも、音のない世界。

それが、一瞬。

その後に続いたのは、割れんばかりの歓声。

「……大丈夫、ですか？」

そんな歓声を聞きながら、フェイドアウェイの影響で足の踏ん張りが利《き》かずに無様に尻餅《しりもち》をついた俺に、小林の手が伸びる。その手を掴《つか》んで、俺は立ち上がった。

「サンキューな」

「いえ……こちらこそ、ありがとうございました」

「何が？」

「いろいろと、教えてもらいました。地力で劣っていても、戦い方次第ではなんとかなることとか……相手を、舐めてはいけないということとか」

「基本じゃね？」

「基本です。基本ですが……仮にも正南学園ですからね。勘違い、していました」

清々しい表情を浮かべて。

「——これで俺たちはまだ、強くなれます」

そう言ってペコリと頭を下げて自陣のベンチに戻る小林。武士かよ。つうか、主人公かよ。

「ヒロユキ！」

「浩之！」

「浩之さん！」

「東九条君!!」

俺の周りに集まるチームメイト。電光掲示板に目を移せば、そこには八十八対八十七の数字。

——逆転勝利、ブザービーターってやつだ。

「やったわ！　優勝よ！」

「さすが浩之さん！」

「やるじゃねえか！　それでこそ俺の親友だ！」

手荒い歓迎をしてくれるチームメイト。笑顔で返しつつ、俺は観客席に目を移す。

——いた、見つけた！

なれない松葉杖《まつばづえ》をついて、懸命に人込みを掻《か》き分け、一生懸命アリーナの出口を目指す瑞穂の姿を。

「ちょっとすまん！」

チームメイトの輪を抜け出し、俺は体育館から飛び出す。

「お、おい、浩之！　何処《どこ》行くんだよ！　これから、表彰式だぞ！」

「悪い！　俺、パス！」

「ぱ、パスって！　お、おい！　浩之！　ちょ、待てよ！」

チームメイトの声を背中で聞き流し、体育館のドアを押し開ける。瑞穂がいたのは、二階の観客席。俺は階段を駆け上がる。

「瑞穂！」

「浩之先輩！」

俺の姿を見つけ、笑顔を浮かべて焦った様に階段を下りる瑞穂……って、馬鹿野郎!!

「馬鹿、ゆっくり降りてこい！」

「え？　って、きゃあ！」

この場に似つかわしくない可愛《かわい》らしい悲鳴。言わんこっちゃない、階段で足を滑らせた瑞穂が、ゆっくり自由落下。

「くそ！」

俺は踊り場の中央で、しっかり瑞穂を受け止め……られなかった。そりゃそうだ。何せ足腰ガクガクで人を一人、受け止められるわけがない。

盛大に音を立てて倒れこむ俺と瑞穂。元々小さい瑞穂のことだ。丁度《ちょうど》俺の腕にすっぽり収ま

る形になった。

「ひ、浩之先輩、す、すみません！　わ、私！　す、すぐどきます！」

慌てて体を起こそうとする瑞穂。焦っている上に、左ひざが上手《うま》く動かない。俺の体の上でもがく瑞穂。そんな瑞穂を軽く抱きしめる。

「暴れるな」

「ひ、浩之先輩!?」

「なんだ？」

「な、なんだじゃないです！　その、手！　せ、背中に手が……は、ハグじゃないですか、これ！」

「お前、暴れるからな。拘束《こうそく》だ、拘束」

俺の胸の中で、瑞穂は諦めたように大人しくなった。

「そ、その……」

「ん？」

「お、重くないですか？」

「……」

「な、なんでノーコメントなんですか！　わ、私、入院で太りました!?」

「冗談だ。すげー軽い」

「もう！」

「……」

「……」

「浩之先輩……あ、あの……お久しぶりです」

「……ああ、久しぶりだな。つうか、初めてじゃね？　こんだけ逢《あ》わなかったの」

「……そーかもです。なんだかんだで、三日と空《あ》けずに遊んでいた気がしますし」

「……だよな」

　そう言って苦笑を浮かべる瑞穂に俺も苦笑を返す。少しだけ、安心した様な表情を浮かべた瑞穂を立ち上がらせて、俺は視線を瑞穂に合わせる。

「……なあ、瑞穂」

「……はい」

「俺も、二年のブランクがあった。でも、曲がりなりにも試合をして、市民大会でも優勝出来た。まあ最後はバテバテだったし、別に俺一人の力で勝ったわけじゃないけどな。でも、二年のブランクがあっても、なんとかなったんだ」

「……」

「二年のブランクがなんだ。なんとでもなる」

「……」

「それに……思ったんだ」

「何を……ですか？」

多分、これは。

「やっぱり……バスケって、すげー楽しいわ」

俺とお前の、共通認識だ。

「……」

「……お前、バスケ好きだろ？」

「……はい」

「長い人生の、たった二年間だ。それだけで、バスケを棒に振って良いのか？　捨てて良いのか？　後悔《こうかい》はしないのか？」

「……」

「……まあ、お前が決めることだ。これ以上は何も言わない」

最初に聞こえてきたのは、嗚咽《おえつ》。目に入ったのは俺の目の前で、泣き続ける瑞穂の姿。

しばしそうやって泣いていた瑞穂だが、やがておずおずと話を切り出した。

「……浩之先輩は」

「……浩之先輩は、なんで……そこまでしてくれるんですか？　こんな……私の為に」

潤んだ瞳で、こちらを見てくる瑞穂。

……なんでそこまでするかって？　そんなの、決まってる。

「……やっぱり、お前のことが大事なんだよ、俺は。可愛い妹分なんだよ。だから、お前には後悔してほしくないんだ。バスケを辞めるかどうかは、そりゃ、任すけど……でも、『楽しい』バスケを、続けるって選択肢《せんたくし》を、二年のリハビリの為になくしてほしくないんだよ」

「……」

「……」

…………はぁ」

……はぁ？

「……ねえ、浩之先輩？」

そう言ってにっこりと笑ってみせる瑞穂……って、あれ？　なんかお前、ちょっと怒ってない？

「……な、なんだ？」

「なんですか？　可愛い妹分って？」

……はい。え？　な、何？　なんでそんなに怒ってるの？　っていうかそのジト目、止めてくんない？

「……はぁ……折角《せっかく》、これだけいい雰囲気《ふんいき》なんだから、『瑞穂、俺はお前のことが大好きだ』って言ってくれれば良いのに」

相変わらずのジト目のまま……それでも、そう言ってクスリと笑い。

「さっきの試合……格好良かったです」

「……ありがとうよ」

「……そんな、格好いい浩之先輩に負けるのは悔《くや》しいですしね～」

そう言って、瑞穂は顔を上げる。俺の目に映るのは、満面の笑み。

「……私、リハビリ受けます」

「……そっか」

「バスケを……続けます！　やっぱり……私、バスケ大好きだから!!」

「……ああ」

「だから……浩之先輩！　これからもよろしくお願いしますね！」

そう言ってゆっくり立ち上がり——何を思ったか、勢いよく両手を上げる瑞穂。

「って、馬鹿！」

松葉杖の人間がそんな体勢を取ったらバランスを崩すに決まってる。慌てて瑞穂を受け止めようと両手を伸ばしたところで。

「——だから……これは、今までの御礼と、これからの御礼の、先払いです」

瑞穂の声が、耳に響いて。

——俺の頬《ほお》に、柔らかな感覚。

「……？　……!?　ちょ、おま！　何してんだよ！」

頬に唇が触れたと気付いたのは、数瞬後。きっと真っ赤になっているだろう俺の顔を、同様に真っ赤な顔で見つめて。

「だーいすきですよ！　浩之先輩!!」

今まで見た中で、最高の笑顔を瑞穂は浮かべていた。

◇◆◇

表彰式も終わり、優勝トロフィーと小さなメダルを貰った俺たちは全員で家路に着く。瑞穂と藤原《ふじわら》と秀明が先頭、その後ろに藤田《ふじた》と有森、続いて涼子《りょうこ》と智美《ともみ》、最後に俺と桐生の並びで歩いていると、不意に瑞穂がこちらを振り返った。

「ええっと……個別にはお伝え致しましたが……今日は皆さん、ありがとうございました」

ペコリと頭を下げて微笑《ほほえ》む瑞穂。

「……理沙《りさ》や雫《しずく》から聞きました。浩之先輩が、皆に声を掛けて下さって……私がバスケを続ける……じゃないか、後悔をしない選択肢を選ぶ為に、皆さん沢山《たくさん》練習して、試合に出て下さったって。桐生先輩や、藤田先輩はバスケ未経験者なのに、私の為にそこまでしてくれたんだって聞いて……その、本当に感謝しています」

綺麗《きれい》な笑顔を見せて。

「――私、バスケットを続けようと思います。リハビリはきっと辛《つら》いと思いますけど……皆さんが此処《ここ》までして下さったんですから、私も負けてられません。私、負けず嫌いですし。だから一生懸命頑張ります！　皆さん、本当にありがとうございました!!」

もう一度、頭を下げる瑞穂。そんな瑞穂の態度に、藤田がきょとんとした表情を浮かべながら振り返った。

「ええっと……そうなのか、浩之」

「……何が？」

「いや……この試合に出て優勝したかったのって、あの後輩ちゃんの為なの？」

「…………は？」

いや、あの後輩ちゃんの為って……あれ？　待てよ？

「……お前……もしかして、この大会なんで出てたか知らないのか？」

「知らん。いや、お前が優勝したいってのは知ってたけど……」

……マジか。

「アイツ、こないだ靭帯《じんたい》切ったんだよ。んでまあ、復帰するかどうかで悩んでたからな」

「ああ、だからブランクがあるお前が頑張って試合に出て優勝すれば、あの子もまたバスケを続けるんじゃないか、って話か？」

「正確には続けるにしても止めるにしても、後悔のない選択肢を選んでくれれば良いって話なんだがな」

「ふーん」

そう言って少しだけ考え込むように中空を見つめる藤田。その後、ニカっとした笑顔を浮かべる。

「そうだったのか……でもやっぱ、お前良い奴だよな、浩之！」

「……何が？」

「だってお前、後輩ちゃんの為にわざわざ皆を集めて練習して、試合に出たんだろ？　しかも最後なんて完全にバテバテだったのに、それでもシュート決めてさ。すげーやつだよな〜、お前」

「……お前もな」

むしろ藤田の方が良いヤツだと思うが。だってコイツ、事情も知らずに手伝ってくれてたってことだろ？　どんな良い奴だよ、コイツ。

「……ほー……藤田先輩は理由も知らずに練習に付きあってくれてたんですか」

「理由は知らんが……でもまあ、浩之が困ってたからな。ツレが困ってたらそりゃ、手助けするだろう、普通？」

瑞穂の言葉にそう返す藤田。その言葉を聞いて、瑞穂がニマニマした笑顔を浮かべて有森を見やる。

「……ふ〜ん。雫の気持ち、ちょっと分かったかも〜。良い人じゃん、藤田先輩」

「……ニマニマ笑うな、ムカつく」

ぷいっとそっぽを向く有森。そんな有森を面白そうに瑞穂が見つめていると、有森がチラリと瑞穂に視線を戻した。

「……盗《と》っちゃ、ヤダよ？」

「盗らないよ〜。藤田先輩、良い人だと思うけど恋人にはどうかと思うし〜」

瑞穂はそう言うと、楽しそうにこちらに視線を向けて。

「そもそも私、浩之先輩ガチ勢だし。『ちゅー』もしましたもんね～、浩之せんぱーい」

「「……あん？」」

『ひゅ』ってなった！　何処《どこ》がとはいえんが『ひゅ』ってなった！

「……どういうことかしら、東九条君？」

「『ちゅー』したって何？　浩之ちゃん？」

「言い訳があるんだったら聞くけど？　ヒロユキ？」

「ご、誤解だ！」

三者三様、射貫《いぬ》くような視線を向けてくる。そんな視線に耐え切れず、俺は逃げる様に視線を瑞穂に向ける。

「瑞穂!!」

「えー？　嘘じゃないじゃないですか～。まあ、ほっぺですけど？」

「……ほっぺに」

「……ちゅー」

「……」

「まあ、お礼ですよ、お礼。私の為に此処までしてくれたんですから……お礼ぐらいはしても良くないですか、先輩方？」

にまーっと笑って涼子、智美、桐生を見やる瑞穂。『ぐぐぐ』と言わんばかりの表情を浮かべる三人を面白そうに眺めながら。

「浩之先輩には『妹分』って言われましたけど……まあ？　浩之先輩ってシスコンの気もあるし、年下大好きだと思うんですよね～。なもんで、今まで以上にガンガン攻めますから！」

「「「……」」」

……瑞穂。お前、恩を仇《あだ》で返すって言葉、知らんのかよ……

「……ズルくない、浩之ちゃん？」

「……ねえ？　ズルいよね？　桐生さんもそう思うでしょ？」

「ず、ズルいとか……ただ、何かしら？　ちょっと納得いかないんだけど？」

三人にじとーっとした視線を向けられて。

「……勘弁してくれ」

先頭で楽しそうに——それ以上に、穏やかな笑顔を浮かべる瑞穂に俺はなんだか納得がいかないながらも……それでも、瑞穂のあんな笑顔が見られたのなら、まあ良かったかなと思い苦笑しながら、大袈裟《おおげさ》にため息を吐いてみせた。

「あ！　そう言えば、さっき抱きしめてもらいました！」

「「「……はぁ？」」」

……マジで勘弁して？

第四章　藤田君と有森さん

大会が終わった翌々日。俺は桐生《きりゅう》と二人で街中をぶらぶらと歩いていた。理由？『皆、頑張ったんで打ち上げをしよう！』という智美《ともみ》の発案で、一番暇であろう俺と桐生が幹事に抜擢《ばってき》されたワケ。

「……何処が良いかしらね？」

「そうだな……まあ、無難にカラオケとかじゃねーか？　瑞穂《みずほ》も参加するし、アラウンドワンみたいなスポーツ系は除くと、やっぱカラオケかゲーセンだろ？」

『場所はヒロユキと桐生さんのセンスに任せるよ！』という智美のありがたいお言葉……というか、丸投げ丸出しの言葉であてもなく歩いているのだ。

「カラオケ……少し練習した方が良いかしら？」

「……演歌メインだもんな、お前」

「演歌、ダメ？」

「いや、ダメじゃないけど……」

なんだろう。あの桐生の好きな歌手は結構暗い雰囲気《ふんいき》の歌多いし。もうちょっと明るい選曲の方が喜ばれるのは喜ばれるが……

「……ちょっと一緒に行く？」

「六時間耐久演歌とか勘弁して下さい」

「そうならない為に演歌以外を練習するんじゃない。っていうか、最近の新しい歌も知らないし……帰りにレンタルショップに寄っても良い？」

「良いけど……つうか、カラオケで確定で良いのか？」

「カラオケ、ダメかしら？」

「……智美も涼子《りょうこ》も瑞穂もカラオケ好きだし……知らんけど、有森《ありもり》とか藤原《ふじわら》も現役女子高生だし、カラオケ嫌いじゃねーだろう。秀明《ひであき》と藤田《ふじた》は知らんが、大丈夫だろ」

「知らんって」

「まあ、どっちも場の空気を乱すヤツじゃないしな。普通に歌えるんじゃね？」

ってていうか、それだけのメンツで集まればカラオケっていうよりワイワイ話してってのがメインになりそうだしな。そう考えると、カラオケボックスっていう『場所』を押さえるのがイメージとしては近いか。

「……そう。それじゃ、カラオケボックスに寄って予約しましょうか。来週の土曜日の一時からで良かったかしら？」

「だな。時間は……三時間くらいか？」

「次の日休みだし、もうちょっとゆっくりでも良いんじゃない？」

「いや……これはお前の許可待ちになるんだが」

「何？」

「涼子がさ？　『こないだ、美味《おい》しいご飯作れなかったからリベンジしたい！　浩之ちゃん、台所貸してよ！』って」

「こないだ……ああ、あの相手チームのビデオを見た時？」

「そう。後輩たちがびっくりするぐらいの料理を作りたいんだって。んでまあ、四時くらいから仕込み始めれば七時くらいには食べれるからって……」

「……二次会を我が家でしたい、という話かしら」

「有り体《あていい》に言えば」

　ウチの家、結構広いし……こないだ実家から持って帰ったパーティーゲームの類《たぐい》もあるからな。時間潰しには最適だと思うんだが……

「……良いわよ、別に。むしろ、そんなにお金も掛からないし良いんじゃないかしら？」

「……良いの？」

「良いわよ。賀茂《かも》さんの料理は美味しいし、むしろありがとう、という感じかしら」

　そこまで喋《しゃべ》り、桐生は顎《あご》に人差し指を当てて『んー』と考え込む。

「……でも、そうね？　一個だけ、条件出してもいいかしら？」

「条件？」

「そう。キッチンと家を提供するんですもの。それぐらいは私にメリットがあっても良くない？」

「……一応、聞いておく。なんだよ？」

「その料理に使う食料の買い出し、私と東九条《ひがしくじょう》君で行かない？」

「……それ、お前にメリットあんの？」

むしろ涼子からしたら万々歳《ばんばんざい》じゃね？　十人弱集まる食事会の買い出しっていったら結構な量になるだろうし、それを俺らが代行するんだったら問題ない気もするが……

「つうかその買い出しはそもそも俺と藤田と秀明の三人で行こうかと思ってたんだが」

やっぱりこういう力仕事は男の俺らの仕事だと思うんだが。

「流石《さすが》に一人で結構な量の材料を持つのは厳しいぞ？」

「そこは私も手伝うわよ。こう見えても力あるし」

「……お前が良いなら良いけど……」

「良いわよ。それじゃ、決まりね！」

少しだけ嬉しそうにぴょんっとその場で跳ねてみせる桐生。いや、上機嫌なのは良いんだが……

「……なんでさ？」

正直、手間しか掛からんはず。そう思い、首を傾《かし》げる俺に、桐生は少しだけ照れたように顔を背けて。

「……お、お買い物デート……し、したいな～って……ダメ？」

……ダメ、じゃないです。

「……ダメじゃない」

「……やった」

口元に手を当てて嬉しそうにふふふと笑う桐生。止めて。それ、可愛《かわい》すぎるから。

「……っていうか、別にお買い物……で、デー……ともかく、それぐらいだったらいつでもついていくぞ？　別にわざわざ荷物が多い日じゃなくても！」

「……」

「……なんだよ？」

「……そりゃ、普段も一緒にお買い物に行けたらな～、と思わないではないけど……でも、やっぱり、少しだけ周りの目が気になるのは気になるじゃない？」

「……まあ」

未だに学校にも内緒だしな、同棲《どうせい》してるって。

「そうなると……やっぱり、なんとなく、気を遣うのよ。でもね、でもね？　今回は『打ち上げの買い出し』っていう大義名分があるわけで……こう、誰に憚《はばか》ることなく、大手を振って堂々と買い物に行けるじゃない？　その、私の気持ち的なところもあるんだけど……」

……まあ、分からんではない。同棲云々《うんぬん》はともかく、付き合ってない男女が二人で歩いていたら妙な噂《うわさ》も立つだろうし……そうなると、どこからどういう経緯で同棲まで芋蔓式《いもづるしき》にバレちゃう可能性もゼロではないしな。

「……」

……でも、それって結局、俺の意志一つなところもあるんだよな～、なんてちょっと思ってしまう。此処《ここ》まで……ああ、くそ！　恥ずかしいな！　桐生は、その……こ、好意を見せてくれてる気がするわけで、それに俺が応えれば、こう、なんていうんだろう？　桐生にこんな負い目？　負い目というか……こう、こんな気持ちにさせなくても良いのにな、と、そんなことを考えてしまう。

「……良いわよ」

「桐生？」

「色々考えてくれてるのは分かってるから。だから……私たちのペースで進んで良ければそれで良い。私は……ゆっくり、待つから」

そう言って聖母の様な笑顔を見せる桐生。その……なんだ、申し訳ない。

「……すまん、ヘタレで」

「誰もいなかった私と、周りに沢山《たくさん》の人がいた貴方《あなた》との違いよ」

「……桐生」

「……まあ、私は他に誰がいても貴方を選んだと思うけど」

「……本当にすまん。ヘタレで」

「ふふ。冗談よ。それに……言い方は悪いけど、私は『許嫁《いいなずけ》』だから。勝負は決まってると言えば決まってるし……貴方、私のこと、嫌い？」

「……嫌いじゃない」

「今はそれだけで充分。さ、行きましょう！　カラオケボックス、予約しなくちゃ！」

そう言って桐生が指差した先にあるカラオケボックスに視線を向けて。

「あれ？　藤田？」

カラオケボックスの前で立つ藤田の姿があった。あいつ、『今日は用事がある』って言ってたけど、カラオケだったのか？

「どうし——あら、藤田君？　彼もカラオケに来てたのかしら？」

「そうだろうな。一人カラオケか？」

珍しいな。社交的なあいつならツレも多いし、一人でカラオケに行くことなんて——

「「…………え？」」

カラオケボックスの入り口に立っていた藤田に歩み寄ったのは一人の女の子だった。髪型は黒のサイドテールで小柄の、可愛らしいその子は藤田に視線を向けると頬《ほお》を染めてにこやかに笑んで。

「……東九条君。明日の放課後、彼を屋上に呼び出しなさい。有森さんという人がありながら……説教してあげるわ」

二人で並んで繁華街《はんかがい》に消える姿を見ながら、桐生が憤怒《ふんぬ》の表情で静かにそう告げた。いや、別に藤田と有森、付き合ってるわけじゃないからね……とは、怖くてとてもじゃないけど、言えなかった。

◇◆◇

寒風吹きすさぶ……わけではないが、どことなく冷たい雰囲気《ふんいき》を纏《まと》わす桐生の絶対零度《ぜったいれいど》の視線で寒くもないのに体を震わせる。その視線の矛先《ほこさき》は俺ではないのにも拘《かか》わらずこの視線の寒さ、それならもう、それを直接受けている藤田は一体、どうなっているのかというと……

「……おう」

あ、これ、あかんやつや。似非《えせ》関西弁が飛び出してしまうほど動揺《どうよう》し、目がクロールを行っている藤田が俺に視線を合わせた。

「ひ、ひろゆき～」

「……おう」

「な、なんで俺、こんなところに連れ出された上に正座までさせられてんの？　っていうか、お前もなんで正座してんの？」

「……なんでだろう？」

正座する藤田の隣で、俺も正座。いや、下手人《げしゅにん》である藤田が正座するのは分かるんだけど、なんで俺まで正座させられないといけないんだよ？

「……なんとなく、昨日の藤田君の態度を見ていると貴方にも腹が立ってきたのよ。あっちにふらふら、こっちにふらふらしている貴方と昨日の藤田君が重なってね」

「……正座、します」

完全な八つ当たり感が酷《ひど》いが……まあ、そう言われたらそれも一理あるので俺は黙って正座を継続することを選ぶ。そんな俺に、きょとんとした顔を浮かべて藤田が視線を桐生に移した。

「えぇっと……浩之《ひろゆき》の気が多いのは分かるとして……」

「おい！　冤罪《えんざい》だろう！」

「どこがだよ。桐生という許嫁がいながら、賀茂、鈴木《すずき》という二大美女侍《はべ》らせて、その上でお前、あの後輩ちゃんにほっぺにちゅーされたんだろ？　気が多いの代名詞みたいなモンじゃねーか。気が多いヤツ出せ、って言われたら俺は一番に浩之差し出すぞ？」

「……はい」

なんも言えねえ。いや、不可抗力もあるんだよ!?

「……そうね。確かに、東九条《ひがしくじょう》君に比べれば藤田君なんて可愛いものかも知れないわね？っていうか、今の聞いて余計に腹が立ってきたわ。東九条君、帰ったらお説教ね！」

……巻き込まれ事故だ。絶望を浮かべる俺をチラリと見やり、藤田が大袈裟《おおげさ》にため息を吐いてみせた。

「……いや、そもそも可愛いものも何も……俺、なんかしたか？　昨日？　昨日、俺、桐生を怒らせるようなことしたっけ？」

そう言って首を傾《かし》げる藤田。バカ、お前、此処でそんな惚《とぼ》けた態度を取るな！　桐生の絶対零度の視線をまた浴びるぞ？

「……良くもまあ、そんな惚けたことをのたまうわね……！」

「ひう！　な、なんだよ！　そ、そんな怖い目すんなよ～」

ギンっと擬音《ぎおん》の付きそうな桐生の視線に情けない声を上げる藤田。まあ、うん、気持ちは分かるよ。

「……昨日、貴方、何処《どこ》に行ってたのかしら……？」

「き、昨日？　昨日は……」

言い掛けて、藤田が言葉を詰まらす。その後、気まずそうに口を開いた。

「ええっと……見てたのか？」

「ええ、バッチリとね。誰よ、あの子？」

睨《にら》みつける桐生の表情に、うっと言葉を詰まらす藤田。そのまま視線を右往左往《うおうさおう》、誤魔化《ごまか》す様にきょろきょろとする。

「その、な？　俺と桐生、昨日打ち上げの予約取ろうとしてカラオケボックス行ったんだよ。そしたらお前と……その、女の子が」

「……そっか。アレ、見られたか。あっちゃー……」

「そ、その……なんだ？　あ、あれって妹だよな？　藤田の妹なんだろ、あれ？　別に、彼女とかじゃないよな⁉」

「……何慌ててんだよ、浩之」

いや、慌てるって。お前、アレが『実は俺の彼女〜』なんて発言飛び出してみろ。桐生が憤怒の表情浮かべるぞ？　『有森が可哀想《かわいそう》！』って。『胸まで揉《も》んだんだから責任取れ！』って。

「……はぁ。見られたならしょうがねーか。あの子はアレだ。一年の西島琴美《にしじまことみ》ちゃんだよ。知ってるだろ、浩之？」

……うん。

「……西島琴美、か」

「……って、誰？」

なんでお前、俺が知ってる前提で話すの？　知らねーよ、一年の女子なんて。

「……おいおい、親友だろ、俺たち？　忘れたのかよ？　ホレ！　こないだ、俺がフラれた！」

「……おお」

……あったね、そんなことも。確か、アレだろ？　バスケ部の佐島《さじま》君とどっちが先に告白するかで揉めて、バスケ勝負した例のあの時の子か！

「……いや、待て。忘れたも何も、俺、名前を聞いたの初めてなんだが」

「そうだっけ？　まあ、ともかく、あの子が俺がこないだフラれた子なんだよ」

そう言って小さくため息を吐く藤田。

「……その、こないだの市民大会、あったろ？」

「……ああ」

「……ええ」

「あの試合、琴美ちゃんも観に来てたらしくてな？　なんでも佐島に『俺、試合に出るから観に来てくれ。絶対、活躍するから！』って……まあ、結果は一回戦敗退だったらしいけど。しかも、ボロ負けで」

「……ピエロじゃん、佐島君」

　つうか、あのバスケ部の実力で良く佐島君も誘えたな。ギャンブラー過ぎね？

「……んでまあ、わざわざ体育館に来たのに一回戦負けのチーム見て帰るのもなんだかな～って感じになったらしくて……バスケも見るのは好きだったんだってさ、元々。それでまあ、試合を観て帰ったらしいんだけどな？　その……たまたま、俺らが出てる試合を観てくれたらしくて」

「……待て。イヤな予感がする。それ以上は――」

「……格好いい、って……思ったって……」

「――……マジか」

　……いや……マジかよ。その展開は流石《さすが》に想像も出来なかったんだが。

「……それで？　それがどうして昨日みたいに、二人でカラオケに行くことになるのかしら？」

「……一昨日、琴美ちゃんが放課後に俺らのクラスに来てな？　俺に謝ったんだよ。『ごめんなさい。先日は、酷いことをしました』って。それで、『お詫《わ》びにカラオケでもどうですか』

って……」

「それでノコノコついていったの、貴方《あなた》は!?」

「う、うお！　の、ノコノコって……ええ？　ひ、浩之？　俺、なんで怒られてるの？」

完全に理解不能。そんな視線を俺に向ける藤田。あー……

「いや……その、なんだ？　それで？　その『琴美ちゃん』？　は……どうなんだ？」

「どうって？」

「いや、その……ホレ、お前、有森のこと良いヤツとか言ってたじゃん？」

「？　なんでここで有森が出てくるんだよ？」

コイツ……！　鈍すぎかっ！

「……もう良いわ。行きましょう、東九条君」

「……え？　い、意味が分からんのだが……」

「もう良いって言ってるでしょ！　見損《みそこ》なったわ、藤田君！　そんな人とは思わなかった！」

ふんっとそっぽを向いて足音も荒く屋上の出口に向かう桐生。その姿を茫然《ぼうぜん》と見つめる藤田の肩に手を置いて。

「……すまん、藤田。ちょっと桐生も頭に血が昇ってて……上手《うま》く説明するから、許してやってくれ。悪気はないんだ、アイツも」

「いや、桐生が俺に怒るってことはきっと俺が何か悪いことしたんだろうな、ってことは分かるんだけど、何したか全然、想像が付かないっていうか……」

「……いいや、別にお前は悪くないと思うぞ」

「……んじゃ、なんであんなに桐生、怒ってるの？」

行くわよ、東九条君！　なんて出口で声を荒げる桐生に片手を上げて。

「……あいつ、ハッピーエンド推奨派《すいしょうは》だから」

は？　なんて間抜けな顔をする藤田を置いて、俺は桐生の後に続いて屋上を後にした。

◇◆◇

「ありえないわ！　藤田君、あんな人だとは思わなかった！」

屋上から降りて、尚もぷりぷりと怒る桐生を宥《なだ》めつつ、俺たちは駅前のワクドに入って二人掛けのボックス席に腰を下ろした。てりやきワクドに被《かぶ》りつきながら、不満も露わにそう言う桐生に苦笑を浮かべて俺は口を開く。

「そんなに怒るなよ、桐生」

「怒るわよ！　だって……」

「だって？」

「……だ、だって」

もぐもぐと口を動かしながら言葉が小さくなっていく桐生。

「……別に、藤田は悪くないよな？　藤田と有森が付き合ってて、その上で浮気してた、っていうならそりゃ問題だろうけどよ？」

「……うん」

「さっき藤田も言ってたけど……元々藤田、あの一年の子のこと好きで告白してんだよな。そりゃ、一遍《いっぺん》フラれてるけどよ」

まあ、あの時の藤田の告白も大概《たいがい》勢いみたいなモンだし。だって一言しか喋《しゃべ》ってねーのに特攻するとか、正気の沙汰《さた》とは思えんぞ、マジで。

「……そんな藤田に春が来るかも知れないっていうなら……俺的にはまあ、尊重というか……なんというか」

上手くは言えんが……少なくとも、『有森はどうするんだよ、この不義理モノ！』と罵《ののし》る気はない。確かに有森の胸を触った罪……罪？　はあるのだろうが……それだって、事故だしな。

「……分かる、けど……でも、それじゃ……有森さん、可哀想じゃない？」

「……まあな」

……かといって、桐生の気持ちも分からんではない。つうか、心情的には有森とくっついてほしい気持ちもある。もっと言えばあの一年の子にしたって、一遍藤田をフッておいて、ちょっと格好いい姿見ただけで何勝手なこと言ってやがんだ！　って気持ちもそりゃないわけじゃない。ないわけじゃないが、しかし、だ。

「……にしても藤田がそれで満足なら……俺らが口を出すことじゃないだろ？」

「……うん」

「……恋愛沙汰は色々あるし……まあ、俺らに出来ることは有森が傷ついたら上手くケアしてあげることぐらいしかないんじゃないか？」

「……そうね。その時は精一杯、有森さんを慰めてあげるわ！」

そう言って拳を胸の前で小さく握り込んで『むん』と可愛《かわい》らしく力を入れてみせる桐生。その姿を苦笑で見守りながら、俺は言葉を継いだ。

「にしても……お前も変わったな？」

「私？　そう？」

「昔の……あー……その、なんだ？　『悪役令嬢』って呼ばれてたお前なら、そんなこと考えもしなかったんじゃないか？」

「……」

「……怒った？」

「怒ってはいないわ。でも……そうね。確かにその通りって思っただけよ」

「……」

「貴方に出逢《であ》って、色んな人と関わる様になって……そうね、私は『守りたいモノ』が増えたのかも知れないわ」

「守りたいモノ、ね」

「賀茂さんや鈴木さんも大事な……その……お、お、お、おとも……」

「……言い淀《よど》むなよ」

「お、お――――……し、知り合い!! 知り合いだから!!」

「……ええ～」

あれだけ言い淀んで、知り合いって。そんな俺のジト目に気付いたのか、桐生が『んん』と咳払《せきばら》い一つ。

「し、知り合いなの! それに、有森さんや藤原さん、古川《ふるかわ》君……それに川北《かわきた》さんは可愛い後輩よ。出来ればその……傷ついてほしくないのよね」

そこまで喋って桐生がテーブルに突っ伏す。

「……そう考えれば、藤田君だって知人の一人なんだし……あの言い方はなかったかも知れないわ。ちょっと、自己嫌悪」

「……ホントに変わったな、お前」

『あの』桐生が人付き合い……つうか、人との対話で反省してんだぞ? 昔、自分に絡んできた相手をコテンパンにした、あの桐生が、だ。まあ、あいつらと比べるのもどうかという説もあるんだが。

「……まあ、藤田には明日にでも謝っておけ」

多分、気にしてないけどな、アイツ。

「……そうする」

尚も突っ伏したままそう答える桐生の頭をポンポンと撫《な》でる。と、ちらりと上目遣いでこちらを見やりながら、桐生が両手で頭を撫でている俺の手を優しく包んだ。

「その……ね？」

「ん？」

「あ、貴方も……だから」

「何が？」

「う、ううん！　あ、貴方が、一番だから」

「……だから、何が？」

首を傾《かし》げる俺に。

「だ、だから……わ、私が『守りたいモノ』の……い、一番は、貴方との関係だから」

……顔真っ赤だぞ、俺。

「……そうかい。そりゃ……さんきゅー、な」

「うん。だ、だからね？　あのね、あのね？　は、離れていったら」

ヤダよ、と。

「……離れてなんていかねーよ」

「……うん。嬉しい」

華の咲いた様な笑顔を見せる桐生にそっぽを向いて頬《ほお》を掻《か》く。あ、ああ！　暑いな、この店！　ちゃんと――

「……あれ？」

照れ隠しにそっぽを向いて入口付近を見つめていた俺の視界に見慣れたシルエットの四人組が映る。見慣れたシルエット、なんだが……

「……瑞穂と秀明と……有森と、藤原？」

その『並び』は見慣れないモノで……っていうか。

「……ねえ、東九条君？」

「……なんだ？」

「……私の見間違えじゃなければ……有森さん、泣いてない？」

「……泣いてるな」

藤原と瑞穂に支えられながら、目を真っ赤にした有森と、その後ろで困った様に頭を掻く秀明の姿がそこにはあった。あ、秀明と目があった。やめて、秀明。『助かった！』みたいに目を輝かせるの。

「浩之さん！　桐生先輩も！」

「……おう、秀明」

「え？　浩之先輩に桐生先輩？」

「瑞穂……藤原も、久しぶり……でもないか。その……なんだ」

少しだけ気まずい。そう思い、視線を有森に向ける俺。その視線に気付いたのか、藤原が『あ、あはは』と頬を掻いてみせる。

「そ、その……あの、ですね？　今日は丁度《ちょうど》部活も休みだったんで、瑞穂のリハビリに付き合いに病院に行ってたんですよ。雫《しずく》は経験者ですし、私も枯れ木も山の賑《にぎ》わいと言いましょうか……」

「……秀明は？」

「俺も似たような理由っすね。今日は部活オフ日だったし、瑞穂のリハビリ兼ねてちょっと遊びに行ってたんですけど……んで、たまたま二人に会ったんで」

「理沙《りさ》と雫、それに秀明は知らない仲じゃないんでしょ？　それじゃ、四人でちょっと遊びに行こうかって話になって……」

「……遊びに行こうかって話で、なんで有森が涙目なの？」

「浩之先輩。雫のこれは涙目じゃないんです。泣いてるんです」

「……デリカシーがないのか、お前には」

俺がオブラートに包んだというのに。

「正確に事態を理解してもらおうと思いまして……というより、もう私たちではどうしようもなくて」

そう言って一転、困り顔を浮かべる瑞穂。あれ？　なんかイヤな予感がするんですが。そんな俺の考えむなしく、瑞穂は口を開く。

「――もう、回りくどいのなしで、単刀直入《たんとうちょくにゅう》に聞きますね？　浩之先輩、藤田先輩の親友ですよね？　その……藤田先輩って」

彼女、いるんですか？　と。

　あまりにもタイムリーなその話に、桐生と目を見合わせた後、俺は天を仰《あお》いだ。そんな俺らに疑問符を浮かべたまま、『ちょっとここじゃ狭いんで、あっちに移りません？』と瑞穂の提案で俺らは六人掛けの席に移動する。ひょこひょこと歩きづらそうに歩いていた瑞穂が、席に着いた途端に口を開いた。

「さっきも言いましたけど、ちょっと遊びに行こうかって話になったんですよ。この三人には今回、お世話になりっぱなしでしたし……恩返しもしたいなって」

　俺の目の前を陣取った瑞穂は、ドリンクを飲み干すとポテトに手を伸ばす。

「はむ。それで、カラオケにでも行こうかってなったところで……その、藤田先輩と西島さんが二人で歩いているのが見えて」

「……知ってんのか？」

「へ？　ああ、西島さんですか？　私、同じクラスなんですよ。まあ、彼女は部活とかもしてないのであんまり親交は深くないんですが。どっちかっていうとギャル系？　っていうんですかね？　オシャレに余念がない感じなんで話も合わないですし」

「まあお前、オールウェイズジャージだもんな」

「そんなことはないですよ！　失礼ですね！　私だってＴＰＯはわきまえます！」

「はいはい。にしても……ギャル系なのか、西島って？」

「制服とかも着崩してますし、メイクもバッチリしてますからね～。まあ、いっても他所《よそ》の高校に比べればおとなしい方ですけど」

「……まあな」

　そこそこの進学校でもあるし、入ってくる人間が皆『そこそこ優秀』ってところも輪を掛けてか、ウチの学校はそこまで羽目を外した人間はいない。

「まあ、それは良いんですよ。それで……その場面を雫が見ちゃったから」

　そう言ってチラリと視線を有森に向ける。ぐすっと涙目になりながら、それでも気丈に笑ってみせる有森。

「あ、あはは～！　す、すみません、取り乱しちゃいまして！　そ、その……ま、まあ、皆様ご存じかも知れませんが、私、ちょーっとだけ藤田先輩に憧れてましてですね！　だからまあ、ちょっと藤田先輩に彼女がいたってのがショックだっただけで！　いや～、びっくりしましたよ！　ガサツ、ガサツとあの瑞穂にすら言われていた私にも乙女《おとめ》回路が備わっていたのかって！　いやいや、でもこんなところで起動するくらいなら、ない方が良いのに！　仕事するんなら最初からしろ！　って感じですよね～」

　明らかな空元気《からげんき》。そんな有森の肩に桐生が優しく手を乗せる。

「え、えっと……桐生、先輩？」

「……良いのよ」

「……きりゅう……せんぱい……」

「……そんなに気丈に振る舞わないで。私たち……いいえ、私じゃ、貴女《あなた》の助けにはならないかも知れないけど……それでも、そんな空元気を出さないで？　何も出来なくても、慰めるぐらいは出来るから」

桐生の言葉に有森の顔が歪む。そんな有森の頭を抱え、桐生は胸元に抱きしめた。

「……ほら。吐き出しなさい」

どれぐらいの時間が経《た》ったか。桐生の胸元から、有森の絞《しぼ》り出すような声が聞こえてきた。

「……うぐぅ……つらい……ですよぉ……なんですか、あの可愛《かわい》いこ……あんなこ、私じゃ、勝てるわけないじゃないですかぁ……」

「何言ってるの。貴女だって充分可愛いわよ」

「……可愛くなんて……ないですよ……私なんて身長も高いし、ガサツだし、料理も下手《へた》だし」

自分を卑下《ひげ》する有森。そんな有森に、桐生は優しい笑顔を浮かべて。

「……よしよし。大丈夫よ。私だって可愛げはないし、口は悪いし、料理下手だもん」

頭上から降ってきた桐生の言葉に、きょとんとした表情を浮かべて桐生を見やる有森。

『ん？』なんて惚《とぼ》けた顔をしてみせる桐生の表情に、有森の顔にも笑顔が浮かんだ。

「……なんですか、それ」

「あら？　慰めとしては下手くそだったかしら？」

「……下手くそすぎますよ。傷の舐《な》めあいじゃないですか」

「いいじゃない。たまには」

そう言って尚も笑う桐生に、ついに有森も噴き出す。

「……浩之さん」

「……なんだ、秀明？」

「……桐生先輩、『悪役令嬢』って呼ばれてるって聞いたことあったんですけど……聖女様かなんかの間違いですかね？」

「……誤解されやすいヤツではあるんだよ、間違いなく一遍《いっぺん》、懐《ふところ》に入れたら猫可愛がりするヤツではあると思うが。情に厚いのは情に厚いんだよ。

「……そうっすか。それじゃ──」

秀明がそこまで喋《しゃべ》ったところで。

「──あれ？　浩之……っていうか、秀明？　え？　皆も？」

不意に聞こえてきたのは藤田の声と。

「うわぁー！　聖上《せいじょう》の古川秀明君だ！　うわ、うわ！　東九条浩之先輩もいる！　藤田先輩、ナイスです！」

件《くだん》の人物、西島琴美の声だった。うん……まあ、同じ高校なら活動範囲は大体被《かぶ》るよね？にしても、被り過ぎじゃない、今日？　ワクド、他に客はいないのにさ～。

◇◆◇

「私、こないだの試合を観て一遍に古川君のファンになっちゃって！　絶対お逢《あ》いしたいって思ってたんですよね！　それで藤田先輩にお願いしたら……こんなに早くお逢い出来るなんて！」

「は、はぁ」

「もうこないだのプレーとかきゅんきゅん来ちゃって！　身長も高くてイケメンで、バスケも出来るなんて、もう最高！　って感じで！」

「……は、ははは」

二人掛け――最初に俺と桐生が座ってた席に、秀明を無理矢理引きずり込んでマシンガンの様に話しかける西島。そんな西島を見るとはなしに見ながら、俺は声を掛ける。

「……何これ？」

隣に座ってコーラを啜《すす》る藤田に。

「何これって……説明したじゃん、さっき」

「……聞いた？」

「……聞いた覚えはないのだけれど？」

俺と桐生、揃って首を傾《かし》げる。そんな俺らにため息をつき、藤田は言葉を続けた。

「お前ら……俺の話、聞いてなかったのかよ？　昨日、琴美ちゃんが来たって。そんで言われたの。格好良かったって」

「……藤田が、だろ？」

「秀明が、だよ。まあ、浩之もだけど……本命は秀明っぽいな」

「……な、何それ？」

「……ちょっと待って。整理しても良いかしら」

「おう」

「ええっと……あの西島さん？　だったかしら？　あの子は貴方のことを格好いいと言った」

「言ってない」

「……言ったわけではないの？」

「そうだよ。つうか俺、あの試合で格好いいところ、あったか？」

……いや、ないとは言えんが……でもまあ確かに、素人《しろうと》受けする派手さはなかったかも知れん。秀明、アリウープ決めてるし。

「……それで？　なんでそれを貴方に言うのよ、あの西島さんは」

「いや、なんでって……秀明以外、皆先輩だろ？　それならお前、普通は一度でも話したことあるヤツのところに相談持っていかないか？」

「そう？　え？　そうなの、東九条君？」

「……俺に振るなよ」

マジで。だが……まあ、言わんとしていることは分からんでもない。

「確認なんだが……お前、一遍あの西島にフラれてるんだよな？」

「そうだよ。なんだよ？　傷口に塩を塗り込む感じ？」

「いや、そうじゃなくて……普通、そんな人に相談事、持っていくか？」

正気の沙汰《さた》とは思えんのだが。メンタル、強すぎじゃね？

「さあ？　でも最善を期す為に遮二無二《しゃにむに》突っ込む姿勢は嫌いじゃないぞ、俺？　普通は話しかけにくい相手にも話を持っていくって、スゲーじゃん。ちゃんとごめんなさいしてくれたし。だから、相談に乗ってたの」

「……ああ」

「……そうね。藤田君ってこういう人よね。でも、それじゃなんであの時に言わなかったの？格好良かったたって言われたって言ったら、普通は貴方が言われたと思うじゃない？」

「思うか？」

「思うの！」

「……そうか？　でもまあ、普通に考えて後輩の恋愛話を関係ないお前らに話するか？　俺のならともかく。まあ、あの姿見たら気付くだろうからもう良いけど……流石《さすが》に言えないだろ？あの段階じゃ」

「……うぐ」

……正論を。正論だが。

「……もう一つ、良いか？」

「別に一つでも二つでも良いが……なんだ？」

「お前さ、あの子のこと好きだったんだよな？　そんな相手の恋路の手伝いって、嫌じゃねーの？」

「なんでって？」

「一遍フラれたしな。スッパリ諦められたから、未練もなんにもないさ。そうなれば、残るのは好きだった女、って事実だろ？　それに……」

そう言って、チラリと視線を二人掛けの席――未だに喋り続ける西島と、困惑する秀明に向ける。

「浩之は桐生がいるからともかく……秀明ってフリーだろ？」

「たぶん」

智美にフラれて彼女が出来たとは聞いてないし……たぶん、フリーだろう。

「秀明、すげー良いヤツじゃん？」

「……まあな」

「琴美ちゃんが惚《ほ》れたって言って、もし秀明が悪くないって思って……そんで二人が付き合ったらさ？　琴美ちゃん、幸せになれると思うんだよな」

そう言って綺麗《きれい》に微笑《ほほえ》んで。

「縁がなかったけど……それでも、ホレた女の子が幸せになるっていいことじゃね？　俺の力ではなくても」

「……聖人か」

桐生と声がハモッた。

「ひひひ東九条君⁉　な、なんなのこの人⁉　え？　ちょっと、理解が追い付かないんだけど⁉」

「落ち着け、動揺《どうよう》しすぎだ。藤田だぞ？　想定内だろ？　ほれ、素数でも数えろ」

「そ、そうね。藤田君ですものね。想定内よね！　ええっと……1、3、5、7、9……」

「桐生、それは素数ちゃう。偶数や」

「……奇数ですよ。なんですか？　浩之先輩まで動揺して、変な関西弁まで使って」

俺の隣に陣取った瑞穂がじとーっとした目を向けてくる。いや、ちゃうねん。

「はぁ……それで、藤田先輩……と、そういえばちゃんと御礼、言ってなかったですね。すみません、先日はお世話になりました」

「おう、後輩ちゃん。怪我《けが》の具合はどうだ？」

「後輩ちゃんって……川北です。川北瑞穂です。お蔭様《かげさま》でリハビリは順調です」

「そっか。そりゃ良かった！　リハビリ、苦しいと思うけど頑張れよ？」

「ありがとうございます！　と……ええっと、私からもちょっと聞いて良いですか？」

「ん？　構わんけど……どした？」

「その……藤田先輩、西島さんのこと、好きではないんですよね？」

「あー……そうだな。今は別に」

「そうですか。なら、もし……誰かに告られたら、付き合っちゃう！　とかあります？」

「そうです。例えば、可愛い子が『藤田先輩、好きです！』って来たら、コロッといっちゃうこともあったりします？」

『ちょっと、瑞穂！』なんて慌てて止めに入る有森。そんな有森の姿を見て、ニマニマと笑顔を浮かべる瑞穂。性格悪いな、おい。

「……その辺にしとけ、瑞穂。藤田だって困るだろ？」

「えー……だって、気になるじゃないですか～」

「……藤田は惚《ほ》れっぽいヤツなの。だから、ちょっと可愛い子に好きって言われたら——」

「あー……ない、かな？」

「——すぐに……何？　な、ない？　お、お前がか!?」

いや、だってお前、あの西島は一目惚れで特攻で玉砕《ぎょくさい》じゃねーのかよ！

「……どんだけ俺のことを軽い男だと思ってるんだよ。そりゃ、そういう時期だってあったけど……今はねーよ」

一息。

「そもそも俺、好きな子いるし。余所見《よそみ》はしねーよ」

「……なん……だと……」

あ、あの藤田が……

「……え？　ちょっと待って？　藤田君、好きな子いるの？」

「俺が？」

「いるけど……え？　ダメ？　俺、人を好きになる権利もなし？」

「いや、なしじゃないけど……それって」

そこまで喋《しゃべ》りかけ言葉を止める桐生。そんな桐生を不思議そうに見た後、藤田は視線を川北に向ける。

「だから、後輩ちゃん……じゃなくて、川北」

「は、はい」

いつにない、真剣な眼差《まなざ》しの藤田。そんな藤田の視線に、瑞穂が居住まいを正して。


「——ごめん。気持ちは嬉しいけど……お前とは、付き合えない」


【悲報】瑞穂氏、フラれる。

「……は？」

「……」

「……」

「……はい？」

「……っぷ」

「……っく……「……は……はははっはは！　み、瑞穂？　ざ、残念だったな～……っくっく」っくっく」

最初に噴出したのは、藤原。続いて、有森、俺。桐生？　お腹抱えて机に突っ伏して肩震わしてるよ。

「——っ!!　な、何勘違いしてやがりますですか！　わ、私が藤田先輩のことが好き!?　あ、ありえないですよ！　いえ、そりゃ、貴方《あなた》が良い人なのは知ってますけど……っていうか、藤田先輩も知ってるでしょ！　私は浩之先輩ガチ勢なんです!!」

顔を真っ赤にして怒る瑞穂。そんな姿に、藤田が慌てた様に言葉を継いだ。

「そ、そうなのか？　いや、浩之には桐生がいるから……てっきり諦めて俺に乗り換えたのかと……す、すまん!!」

「まだです！　まだ負けてないんです！　勝負は下駄《げた》を履《は》くまで分かんないですよ!!」

そんな風に激怒の表情を浮かべる瑞穂に、俺が苦笑を浮かべていると。

「……ん？」

二人掛けの席に座った秀明から、哀願の眼差しが届く。まるっきり『助けて下さい』を地で行く秀明にため息をひとつ。

「……ちょっと行ってくるわ」

そう断って俺は席を立つと、秀明の元へ歩みを進める。その姿に気付いたか、西島の顔に喜色が浮かぶ。

「あ！　東九条先輩！　こちらに来て下さったんですか！　嬉しいですー！」

俺が席の近くまで行くと嬉しそうに更にいい笑顔を見せる西島。なるほど、藤田がホレるだけあって、笑顔がなかなか可愛《かわい》らしい。

「あ、浩之さん！　こちらに来てくれたんですね！　それじゃ、俺、あっちに行ってきますね！」

俺が来たことに安堵《あんど》の表情を浮かべると、すぐに席を立とうとする秀明。ちょ、おま！　俺を生贄《いけにえ》に捧げて逃げる気なのかよ！

「どこ行くのよ～、古川君。折角《せっかく》あの試合のMVP二人がそろい踏みなんだし、もうちょっと付き合ってよ～」

「あー……いやね、西島さん？　此処《ここ》、二人掛けじゃん？　流石に三人で座ると迷惑だしさ？」

「それじゃ、あそこの四人掛けのボックス席に移りましょう！」

「ええ!?　で、でも、ほら、他のお客さんの迷惑になるし！」

「迷惑？　他のお客さんなんていないし、大丈夫だよ！　さ、いこ！」

返答も待たず、自身のトレイを持って四人掛けのボックス席——先ほどまで俺が座っていた席の背中合わせの席に座って、こちらにおいでおいでをしている西島。そんな姿をため息一つ、俺は秀明にじとーっとした視線を向ける。

「おい、裏切り者」

「な、なんですか、裏切り者って」

「お前、今俺をアイツの生贄に差し出して逃げようとしやがったろ？　折角助けに来てやったのに……薄情な後輩だな？」

「うぐ……で、でも！　俺ばっかりっすよ？　俺ばっかりマシンガントークの的《まと》っすよ！　誰も助けてくれないし！」

「……まあ、それはそうだが……でも、仕方ねーだろ？　西島はお前にご執心なんだし」

「……」

「……なんだよ？」

「いえ……まあ、良いじゃないですか。ともかく行きましょう、浩之さん」

なんとも言えない『もにょ』としたものを抱えながら、俺と秀明は西島の対面に腰を下ろし——ああ、桐生の射貫《いぬ》くような視線が刺さるね、此処。口元が小さく動いて……『う・わ・き』って、違うわ!!

「？　どうしました、東九条先輩？」

「あ、ああ。いや、なんでもない」

背を向けている西島は気付かないだろうが、正直めっさ怖い。睨《にら》みつける桐生から目を逸《そ》らし、わざとらしくコホンと息を吐いてみせる。

「……んで？　なんの話してたんだ？」

「こないだの試合の話です！　佐島先輩に誘われて見に行ったんですけど、古川君も東九条先輩も物凄《ものすご》く格好良くて！　一遍《いっぺん》にファンになっちゃいました！　特に東九条先輩の最後のブザービーター、滅茶苦茶《めちゃくちゃ》格好良かったです！」

「……そうかい」

まあ……なんだ。言われて悪い気はしないな、うん。ただ、桐生の視線が厳しいが。

「しかもスリーポイント、バンバン決めてるし！　もう、本当に凄いって！　なんでこんな凄い人がバスケ部じゃないいんだろうって感じで！」

「に、西島さん？　そ、その、浩之さんは……」

気を遣った様に秀明が会話のカットに入る。いや、別に気を遣ってもらわなくても良いんだが……

「……あー、でもまあ、今のウチの男子バスケ部じゃ東九条先輩の良さは活《い》きないですよね～。弱いですし、ウチの部」

「……活きる活きないはともかく、まあ部活でバスケするよりは遊びでバスケの方が楽しいんだよ、俺は」

「そうなんですか？　それは勿体《もったい》ない気がしますけど……でも、それをいうなら今回の試合のメンバーもちょっと残念でしたよね？」

「……残念？」

「そうですよ。だって東九条先輩と古川君は凄かったけど、あとの一人は藤田先輩でしょ？　なんていうか……一人だけ、『おまけ』感が強いっていうか」

「……おまけ？　藤田が？」

「そうですよ～。折角、強いチームだったのに、藤田先輩だけ明らかに『おまけ』だったじゃないですか！　藤田先輩が一人入るだけで一気に足を引っ張ってる感があるっていうか……こないだの試合だって、藤田先輩がもっとシュート決めてたら楽になってたのに！　もうちょっとマシな人はいなかったんですか、東九条先輩？」

「……藤田は充分以上の戦力だったぞ？」

「えー……」

俺の言葉に思うところがあるのか、明らかに不満そうな顔を浮かべる西島。が、それも一瞬。ポンっと手を打ってみせた。なんだ？

「あ、優しさですか？　バスケ上手《うま》いだけじゃなくて、友達まで庇《かば》うなんて東九条先輩、優しいですね～。憧れちゃう～。私、友達想いの人、結構良いなって思うんですよね～」

そう言って、コーラを飲みながら上目遣いを見せる西島。そんな西島に、秀明が声を掛けた。

「……西島さん、バスケ好きなんじゃないの？　わざわざ試合を観に来るぐらいだから、バスケ好きなのかと思ったんだけど？」

「へ？」

「だから、バスケ好きなら藤田先輩のディナイとか、結構凄かったよ？　分かるでしょ？　アレで、相手チームのパワーフォワードに序盤は全然仕事させてなかったし」

「？　ディナイ？　何それ？　私、そんな難しい言葉は分からないけど……それ、凄いの？」

「……凄いのって……あれ？　バスケに興味があったんじゃないの？」

「バスケ自体はあんまし。ただ、しつこい先輩がいたから観に行っただけだし。あ！　でもバスケ選手は好きだよ！　運動神経良くて背も高いし、足が長くてすらっとしてるじゃん！　古川君なんて顔もイケてるし！　もう、優良物件！　ってカンジ！」

そう言ってキャハっと可愛らしく笑ってみせる西島。

「東九条先輩も格好いいですよね～。なんか、普段は冴えない感じなのに、試合であんな凄い姿見たらギャップできゅんきゅんしちゃいますし～」

「……」

「その点、藤田先輩ってホント冴えなかったですよね～。冴えないだけっていうか、ギャップも何もあったもんじゃないっていうか……なんかコート内を無様に走り回っていたけじゃないですかぁ。あ、東九条先輩、藤田先輩と仲良いんですよね？」

「……まあな」

「じゃあ、知ってます？　私、昔藤田先輩に告白されたことがあるんですよ！　いきなり声かけられて『好きです』って……もうね？　ギャグかと。つり合い、とれるわけないじゃないですか～」

「……」

……仰《おつしや》る通りだな。

「つり合いなんか取れるわけねーよ。お前と藤田じゃ」

「そうでしょ～？　東九条先輩もそう思います？　あ、『浩之先輩』って呼んでも良いですかぁ？」

「うん。死んでもイヤ」

「……え？」

「おい！　おま――」

西島の一連の言葉に激高した様に秀明が言葉を上げかけて。

「――おい。お前今、なんて言った？」


その言葉を制するように。

俺の視界に入ったのは、カップに入ったコーラを逆さにして、頭から西島に飲ませる有森の姿だった。

「きゃ！　つ、冷たい！　な、何⁉　何する――」

驚いた様に頭を押さえ、怒りの表情を浮かべて振り返る西島。が、振り返った先に女子としては大柄な有森の仁王立《におうだ》ち姿があったからか、驚いた様に息を呑《の》む。が、それも一瞬、再び怒りの表情を浮かべて有森を睨む。

「ちょっと！　何するのよ！」

「アンタが藤田先輩を馬鹿にするからでしょうが。アンタなんかに馬鹿にされるほど、藤田先輩は安い男じゃないわよ」

「はぁ？　意味が分かんないんですけど！　藤田先輩を馬鹿にした？　それがどうしたのよ！」

「それがどうした？　アンタさ？　普通に考えて、先輩馬鹿にして良いと思ってんの？　さっき藤田先輩から聞いたけど、アンタ藤田先輩利用して古川君とか東九条先輩にお近づきになろうとしてたんじゃないの？　そんな先輩、良くこき下ろせるよね？　ちょっと信じられないんだけど？」

「はぁ？　っていうか藤田先輩、喋《しゃべ》ったんですか⁉　ありえなくないです？　サイテー‼」

「ちょっと前、自分が藤田先輩に告白されたって笑い話にしといて良くもまあ……まあ？　仮に藤田先輩が喋ってなくても、すぐ分かるわよ、そんだけ古川君と東九条先輩にベッタリ媚《こ》びてる姿見れば。さっきから見てれば、何？　このワクド、いつからホストクラブになったの？　何二人侍《はべ》らせて良い気になってんのよ？」

「良い気になんてなってないわよ！　良いでしょ、別に！　関係ないでしょ、アンタに！」

「……そもそも私たちと一緒にいたんだけど、古川君。東九条先輩は桐生先輩と一緒にいたし。勝手にアンタが割って入って、関係ないは通じないんじゃない？」

「っていうか、そもそもなんでアンタ、そんなに藤田先輩庇うのよ！　さっきから言ってるけど、アンタに関係ないでしょ！」

「だから、関係あるに決まってるでしょ？　藤田先輩、バスケは確かに素人《しろうと》だよ？　でもね？　東九条先輩が困ってるって聞いて、一生懸命練習して……それで、試合に出てあれだけ活躍したの。それを教えたのは私なの。それを……何？　ただ走り回ってるだけ？　馬鹿にしないでくれる？　アレ、作戦なの。しかも、他の人じゃ出来ない、藤田先輩だけにしか出来ない作戦なのよ。まあ？　男漁《おとこあさ》りに体育館来てるようなクソビッチには分かんないかも知れないけどね？」

「く……び、ビッチ!?　だ、誰に言ってんのよ、誰に！　何よ、ビッチって！　自分がそんなデカくて男に相手にされないからって、嫉妬《しっと》するのも良い加減にしてくれない!?」

「まあ、私は大女だし？　確かに男子より女子からの方がモテるけどさ？　アンタになんかこれっぽっちも嫉妬しないわよ」

そう言ってフンっと鼻を鳴らす有森。その姿にぐぐと唇を嚙《か》みしめる西島。と、そんな西島の顔が醜《みにく》く歪んだ。

「──あ、分かった。アンタ、藤田先輩のこと、好きなんでしょ？」

これ以上ないぐらい、馬鹿にする笑顔で。

「きゃは！　ありえなくなーい？　藤田先輩、どこが良いの？　お調子者だし、馬鹿だし、今回だって『お願いしますぅ』ってちょっと可愛《かわい》く頼んだら、ホイホイお願い聞いてくれる軽い人だよ？　そんな人が良いなんて趣味ワルーイ」

嘲笑《ちょうしょう》するように笑う西島。その視線を冷静に受け流して。

「──好きだと、悪い？」

「……は？」

「アンタみたいに脳みその代わりにスポンジ詰まってる女に馬鹿にされるほどの男じゃないの、藤田先輩は」

「……ま、マジで？」

「マジよ。当たり前じゃん。私、藤田先輩、大好きだもん」

そう言って藤田の方をチラリとみる有森。視線を藤田に向けると……おお、固まってらっしゃる。そんな藤田を見て、少しだけ寂しそうに有森は笑った。

「……雰囲気《ふんいき》悪くさせたわね。ごめん、瑞穂、先に帰る」

そう言って席を立ち、出口に走る有森。

「藤田！　追いかけろ！」

「……へ？」

未だに固まったままの藤田。有森はもう既に通り抜けて……

「良いから！　早く行け！」

「……？　……っ!!　分かった！」

弾かれた様に飛び上がり、出口に向かう藤田。その姿を冷静に見つめていると、秀明がポケットからハンカチを取り出して西島に渡す。

「サイアク！　何よ、あの女！　ちょっと、待ちなさいよ——って、え？」

「使いなよ。頭、濡れたでしょ？」

「……！　う、うん！　あ、アリガト……優しいね、古川君！　好きになっちゃったらどうするの？　責任、とってくれる？」

「そう？」

潤んだ瞳でそう言う西島に、秀明はにっこり笑って。

「でもごめん。俺、性格悪い子、苦手なんだ」

「……へ？」

「……っていうか、藤田先輩もこの子の何処《どこ》が良かったんですかね？　俺、藤田先輩のこと、人間として尊敬してますけど……女の趣味、悪いんじゃないんですか？」

「おい。それ以上言うな。有森に失礼だぞ？　成長したんだよ、アイツも」

「そうなんっすかね～。まあ、有森さん、あんないい子ですしね。ようやく女性を見る目が出来たってことっすね、藤田先輩も」

「偉そうなこと言うな。初恋拗《こじ》らせたくせに」

「うぐ……そ、それ、言います？　酷《ひど》いっす……あ、西島さん？　そのハンカチ、返さなくて良いから。どっかで捨てといて？」

俺と秀明のやり取りをポカンと見守っていた西島。その表情に朱の色が差したのは、羞恥《しゅうち》からか……

「な、何言ってんのよ、アンタ！　だ、誰が性格が悪いですって!!」

怒りからだな、こりゃ。

「え？　気づいてないの？　君だよ、君。鏡見たら？」

「な、何よ！　偉そうに！　ちょっとイケてるからって……」

「いや、別に俺がイケてるとは思ってないけど……っていうか、イケてるイケてない関係ないよね？　君の性格の悪さと。藤田先輩の爪の垢《あか》でも……ああ、無理かもね、その底意地の悪さじゃ」

「は、はぁ!?　何よ！　アンタまで藤田先輩？　バッカじゃないの？　あんな馬鹿な男を庇うなんて、所詮《しょせん》アンタも――」


「――おい」


……あれ？　今の低い声って誰？

「――それ以上、俺の大事な『親友』を馬鹿にするなよ？」

……ああ、俺の声か。こんなに低い声出るのね、俺。

「ひぅ！」

怯《おび》えた様な声を上げる西島。そんな西島の後ろで、影が動いた。

「……そうね。私も、私の大事な友人を馬鹿にされるのは我慢ならないわ。それ以上言うなら……及ばずながら、私も加勢するわよ、東九条君？」

「……過小評価しすぎじゃない？」

及び過ぎだから、桐生。お前が出てきたら鬼に核弾頭だから。確実にオーバーキルだから。

黙って座っとけ。

「……桐生？　!?　あ、悪役令嬢!?」

「あら？　流石《さすが》、私ね？　一年生にまで二つ名が轟《とどろ》いているなんて」

……白々《しらじら》しい。知ってるくせに。

「──でもね？　私、そのあだ名、嫌いなのよね？　一度言った人間、再起不能にするぐらいには」

にっこりと──綺麗《きれい》なんだよ？　綺麗なんだけど、悪魔の微笑《ほほえ》みにしか見えない笑顔を浮かべる桐生に、顔面蒼白になる西島。カバンを引っ掴《つか》むと、そのまま自動ドアにダッシュ。

「お、覚えてなさい！」

そんな、三下《さんした》の様な捨て台詞《ぜりふ》を。

「──あら？　良いの？　覚えてて？　折角《せっかく》、忘れてあげようと思ったのに」

「わ、忘れなさいよね！　私も忘れるから!!」

──残さない。転がる様に自動ドアから逃げる西島を見つめてフンっと鼻を鳴らし、桐生は席を立ったまま俺たちを見回す。何？

「……それじゃ、行きましょうか？」

「……止《とど》めを刺しに？」

「……貴方《あなた》ね？　私のことなんだと思ってるのよ？　有森さんと藤田君を探しに行くに決まってるでしょ？」

「……」

「……な、何よ？」

「それ……お前の単純な興味じゃねーの？」

……露骨に目を逸《そ》らしやがったぞ、コイツ。そっとしておいてやろうという気持ちはないのか、お前には。

「そ、それは……で、でもね！　もしこれがどうなるか分からないっていうなら、私だって遠《えん》慮《りょ》するわよ？　フラれる姿を見られるのもイヤでしょうし！　で、でも、これ、絶対百パーセント上手《うま》くいくパターンじゃない？　幸福になるパターンじゃないの!?」

「……まあ」

「でしょ！　これがダメなら、結婚式もダメじゃない！　一緒でしょ！　幸福になる瞬間を皆に見せるんだから!!」

「いや、その理屈はおかしい」

「おかしくないわよ！　そ、それなら、その……ち、知人としてきゅんきゅん成分を補給しても、バチは当たらないんじゃないかしら！　ラブ警察的に!!」

「……」

「……」

「……浩之さん」

「……なんだ？」

「……有森さん慰めてる時は優しい令嬢、西島さん追い詰めてる時は悪役令嬢だったんですけど……結局、桐生先輩って何令嬢なんですか？」

「……ポンコツ令嬢じゃね？」

『ぽ、ポンコツって何よ！』という桐生の抗議は無視するとして……まあ、普通に心配だしな。探しに行くか。

◇◆◇

『発見しました！』と藤原&桐生ペアからの連絡が入ったのは捜索開始およそ十分。瑞穂、俺、秀明の幼馴染《おさななじみ》トリオはその連絡を受けて発見報告を受けた公園に向かった。

「……東九条君！　こっちよ！」

「……桐生。藤原も、お疲れ。良く分かったな」

「……雫が落ち込んだ時とかに良くこの公園に来るんで。だから、分かったんですよ」

「そっか」

「……ふふふ……有森さんのことを良く知る藤原さんについていけば間違いなく一番に出逢《であ》えると考えた私のカンがずばり当たったわ！　これから良いところよ、東九条君！」

「……」

……お前……ちょっと恋愛に飢《う》え過ぎじゃない？　ホントにポンコツ令嬢なんじゃないか、コイツ。

「……藤田は？」

「まだ……と、来たみたいよ」

ブランコに座って俯《うつむ》く有森の後ろから、藤田の姿が見えた。ちょっと遠いけど……

「……探したぞ、有森」

「……ふじた……せんぱい」

……声は聞こえるな。今更なんだけど、良いのか、これ？

「……なんで来たんですか」

「……なんでって……そりゃ、いきなり店飛び出したら心配するだろ？　そりゃ、探すよ」

「……」

「……なんだよ？」

「心配、してくれたんですか？」

「そりゃするだろう、普通」

何言ってんだ、と言わんばかりに肩を竦《すく》める藤田。そんな藤田に、有森はクスリと笑って。

「……それって、瑞穂でもですか？」

「何？」

「理沙ならどうです？　智美先輩なら？　桐生先輩なら？　藤田先輩、探しませんか？」

「……それは……」

一息。

「……探すな、多分」

……馬鹿野郎。そこは……ああ、でも、無理か。藤田の性格知られている以上、絶対に誰でも探すのは分かるよな。

「……ですよね。藤田先輩はお優しいですから」

「……」

「……『私』じゃなくても……きっと、探してくれますよね」

そう言って、ブランコから降りて泣き笑いの表情を浮かべる有森。

「……最初はなんだ、この人って思いました。私のことデカいって言うし……ムカつくから、散々『カニ』させたのに、体力お化けだから淡々とこなして……気持ち悪いって」

「……悪かったよ。でも、気持ち悪いは酷《ひど》くないか？」

「お互いさまですよ。でも……それでも、毎日黙々と、文句も言わずに練習してる姿を見て、悔《くや》しくなって……この人、なんで此処《ここ》まで出来るんだろう？　なんで、こんなことしてもこの人にメリットがないのにこんなに練習出来るんだろう？　って……気になって。それで聞いたんですよ」

「……あん時か？」

「はい。もうね？　あんなの、ズルいですよ。ハート、ズキューンですよ」

「……表現が昭和」

「そこは良いんです！　ともかく……ああ、この人は凄《すご》い人なんだって。優しい人なんだって。自分のメリットだけじゃなくて、誰かの為に動ける人なんだって」

「……あの時も言ったけど、ツレが喜んでくれるのがメリットだぞ？」

「それだけじゃ人間、動けないものなんですよ」

「……」

「……こんなに優しい藤田先輩が、もし私にだけ優しくしてくれたらどんなに幸せだろうって。私だけを見てくれたら、どれだけ嬉しいだろうって。本当に、そう思いました。だから、藤田先輩？」

　ぎゅっと、瞳を瞑《つむ》って。

「――わ、私！　藤田先輩が――」

「――それ以上、言うな」

　そんな有森を制するよう、藤田が言葉を放つ。その言葉に、少しだけ驚いた表情を浮かべた後、有森は瞳に涙を浮かべて――

　――笑った。

「……は、ははは～。そ、そうですよね？　藤田先輩、好きな人がいるんですものね。そ、そりゃ、私から今、告白されたら迷惑ですよね？」

そんな有森に。

「……ああ。迷惑だ」

藤田は首を縦に振る。

「——っ！　す、すみません」

しゅんとして下を向く有森。そんな有森を見つめながら、俺は左手で自分の右手を摑《つか》む腕に二度、タップ。

「……桐生、痛い」

「……滅《めっ》すわ」

「滅す!?」

聞いたことない単語が出たんですけど！　なんだよ、滅すって!?

「——なあ、有森」

「——っ！　は、はい」

「……俺の好きなヤツな？　一生懸命なヤツなんだよ」

「——っ！　聞きたくないっ！」

「黙って聞け。凄く努力家で……一生懸命やってるくせに、全然自分じゃ一生懸命やってないって思う様な、変なヤツでな」

「なんで！　なんでそんなこと私に言うんですか！　私、私は——」

「——毎朝毎朝、『さ、藤田先輩！　今日もシュート二百本、行きますよ！』って動画まで撮って一緒に見直してくれてさ？　それで此処が違う、あそこが違うって色々アドバイスしてくれて。二人で考えた作戦、成功したらものすごく喜んでくれてな？」

「——わたしは……って……え？」

「……あんだけ一生懸命、俺と一緒に練習してくれて……俺が失敗したら一緒に落ち込んでくれて、俺が成功したら一緒に喜んでくれる……そんな女、ホレないわけ、なくね？」

「え？　……え？　そ、それって……」

「有森？　お前はもうちょっと男心を勉強しろ」

そう言って有森へ、一歩距離をつめて。

「——こういうのは、男から言うもんなの」

有森に、優しい笑顔を向けて。

「——有森雫さん。俺は、貴女《あなた》のことが好きです。俺と、付き合って下さい」

——有森の瞳に、涙が一杯に溜まった。

「わ、わたし……わたし……！」

「……どうだ？　無理か？」

「で、でも！　わ、私、ガサツだし！」

「それは俺もかな？」

「そ、それに……りょ、料理も出来ないし！」

「いいじゃん、別に。俺、結構料理得意だぜ？　バイト先でやってるし、今度教えてやるよ」

「ぜ、全然女の子っぽくないし！　男勝《おとこまさ》りですよ、私！　ファッションとかより、ゲームとかのが好きですよ！」

「お、奇遇じゃん。今度一緒にゲーセン行こうぜ！」

「こ、言葉遣いも……き、綺麗《きれい》じゃないし」

「そっか？　敬語もきちんと使えるし、年上を敬《うやま》える。そんなこと、思ったことないぞ？」

「さっきの見たら分かると思いますけど……け、結構喧嘩《けんか》っぱやいし」

「……あー、うん。そこは治していこう。つうかダメだぞ？　人の頭からコーラぶっ掛けるのは。目に入ったら炭酸は特に危ないし……そもそも、食べ物とか飲み物を粗末にしちゃダメだ」

「う……は、はい……じゃ、じゃなくて！　そ、それに、それに……バスケ馬鹿で――」

　そんな有森を手で制し。

「バスケ馬鹿で、身長が高くて、ちょっぴり意地悪なところもある、そんなお前が良いんだよ、有森。大好きだ」

　どうだ、と？

「俺の彼女に……なってくれるか？」

「――ううう!!　藤田先輩のバカ！　何が男から言うものですか！　私、どれだけ傷ついたと思うんですか！」

泣きながら。

　それでも、藤田の胸に顔を埋める有森を藤田が優しく包み込むように抱きしめる。

「ははは。わりぃ、わりぃ。でもさ？　ケジメってあるじゃんか？　こう、さっきワクドでお前の気持ち聞かせてもらったからさ？　つうかな？　あんな不意打ち、ズルくない？　俺から言おうと思ったのに」

「だ、だって！　あの子が藤田先輩の悪口言うから!!」

「悪口、かな？　結構、的《まと》を射《い》てたと思うんだが……活躍はしてなかったし」

「どこがですか！　藤田先輩の良いところ、全然見てないじゃないですか！　あの子、結局藤田先輩を利用してただけだったたし！　それに腹が立って……つ、つい」

「腹が立ってって……」

「だ、だって！　わ、私、自分の大好きな人が……だ、大事な人が利用されているのを見て我慢出来るほど、人間出来てませんもん！　藤田先輩とは違うんです！」

「……いや、俺も自分の大事な人が利用されたらそりゃ、怒るぞ？」

「そうじゃなくて！　あんな子でも……自分を利用する為に近付いた様な子でも……」

　──そんな人にでも優しく出来る、素敵な人、と。

「私は無理ですもん、そんなの」

「……そうだな。それはちょっと考えなくちゃいけないかな」

「え？」

「大事な人が利用されたら怒るってのはともかく……さっき、お前も聞いたじゃん？　川北とか藤原でも探すかって。きっと、こういう時に探すのは……どういうんだろ？　優しく？　いや、別に優しくしてるつもりも特にはないが……ともかく、そういう……なんていうの？　大事に……うん、大事に、だな。大事にするのは、お前だけじゃないとダメなんだろうな、って」

「……」

「……有森？」

「……いえ、藤田先輩は今まで通りで良いです」

「良いのか？」

「ええ。自分の大事な人の為に、優しく出来る、動くことが出来る、そんな藤田先輩だから」

――私は、大好きになったんですよ？　と。

「だから……無理に我慢して助けるのを止めなくても良いですよ。助けるのを我慢っておかしな単語ですけど……私の為に、それを止めなくても良いです。他の人を『大事』にしてあげても、良いんです」

でも、と。

「――一番大事にするのは、私にしてくれますか？」

先ほどよりも力を込めてぎゅっと藤田を抱きしめる有森。そんな有森に少しだけ動揺《どうよう》しながら、それでも藤田も有森を抱きしめ返す。

「――勿論《もちろん》だ。まあ、俺だし……どこまで出来るか分からんが。ああ、無論、精一杯大事にするつもりではあるんだぞ！　あるんだが、どこまで満足してもらえるかは……」

「……ふふふ」

「有森？」

「舐《な》めないでくれます？　私がどれだけ藤田先輩のこと好きだと思ってるんですか？」

「……へ？」

「悪いですけど、私、その辺りは全然心配してないです。さっきのもちょっと甘えてみただけですし」

「……なんでさ？」

「分かりませんか？」

　胸に埋めていた顔を上げ、にっこりと笑顔を浮かべて。

「——だって、藤田先輩ですもん。これ以上ないぐらい、優しくしてくれて、いっぱい、愛してくれて、たくさん、甘やかしてくれて……大事にしてくれるに、決まってるじゃないですかっ！」

　……だよな、有森。だって藤田だもんな。そりゃ、大事にしてくれるに決まってるさ。ツレの俺はともかく……フラれた女にアレだけ出来るアイツが、そりゃ自分の一番大事な女の子、大事にしないわけないもんな。

「……良かったわね、有森さん」

「……だな」

「……藤田君も『迷惑』って言った時にはどうしてやろうかと思ったけど……まあ、男の甲斐《かい》性《しょう》ってことで見逃してあげるわ」

「……さっきからちょいちょい思ってたけど……どの立場から言ってんだよ、お前は」

「勿論、ラブ警察の立場よ」

「独裁国家かよ」

少しだけ呆《あき》れた表情で桐生を見た後、幸せそうに抱き合う二人に視線を送る。

「……良かったな、二人とも。お幸せにな」

夕日に照らされて長く伸びる寄り添う二つの影からすら立ち上りそうな幸せの気配に苦笑を浮かべて、俺は『親友』の恋路を祝した。


——祝したんだけど。

「……さて……問題はどうやってバレない様に此処《ここ》から撤退するかだな……」

…………まあ、別に隠密《おんみつ》スキルなんてものもない上に、怪我《けが》持ちの瑞穂を抱えた俺らは手を繋《つな》いで公園を出ようとする二人に見つかり、『のぞき見ってありえなくないですか!!』と憤《いきどお》る有森に公園の砂場で正座で一時間、説教されました。怒り以上に有森の顔が赤く見えたのは……まあ、夕日のせいということにしておこうか。

第五章　恋人っぽいこと、しよ？

「……久しぶりに正座なんかしたわ」

　足をさすりさすり、そんなことを言う桐生《きりゅう》。そんな姿に苦笑を浮かべ、俺は自宅のダイニングでコーヒーを淹《い》れると、そのカップをソファに座りながら足をさすり続ける桐生に手渡した。

「飲むか？」

「ありがとう、頂くわ。貴方《あなた》は大丈夫だったの、正座？」

「慣れて……はいないけど、まあな」

　然程《さほど》しんどいとは思わなかったし。まあ、流石《さすが》に高校生が公園の砂場で正座というのは精神的にクるものがあったが。あれ、もし子供たちがいたら立ち直れないかも知れんぞ。

「……まあ、俺らが悪いしな」

「……そうね。ちょっとテンションが上がって……やり過ぎたわ」

「珍し――くもないか。お前、結構テンション振り切るもんな」

　恋愛事もだけど……図書館とか。

「……一応言っておくけど、私は今までこんなにテンションが上がることはなかったわよ？」

「当たり前でしょう？　考えてもごらんなさいよ。もし、私が図書館でニヤニヤしてたらどう思う？　一人で」

「……頭が可哀想《かわいそう》になったのかと思う」

「でしょ？」

まあ、確かに。

「だから……これだけテンションが上がるのは貴方がいるせいね」

「せいって」

「お蔭《かげ》、にしておきましょうか？」

そう言ってクスクスと笑う桐生に肩を竦《すく》めてみせる。と、桐生がちょいちょいと手招きしてみせた。

「どうした？」

「ちょっと、隣に座ってくれない？」

「いいけど……？」

首を傾《かし》げながら桐生の隣に腰掛ける。と、急に桐生が俺の肩に頭を乗せた。

「き、桐生さん!?」

「ちょっとだけ、こうさせて」

肩から頭を上げて、上目遣いで。

「そうなの？」

「――ダメ?」

「ダメ」

「……ホントに? ちょっとだけだよ? そんなに長いことしないよ? ねー、だめぇ?」

「……ダメ」

「……」

「……じゃ、ない」

「……やった」

小さくガッツポーズを決めて、桐生は俺の肩に再び頭を乗せる。そんな桐生に苦笑を浮かべていると、『ん』っとばかりに桐生が頭を差し出してきた。

「……なんだよ」

「撫《な》でて」

「撫でてって……どうした?」

「今日の私、ちょっとだけ甘えん坊さんなの」

「甘えん坊さんって……どっちかっていうと今日のお前はポンコツだったけどな?」

「……んじゃ、ポンコツで良い。良いから、撫でて」

ん、んっ! と頭を擦りつけてくる桐生。まるで猫の様なその仕草に、苦笑を浮かべながら俺は桐生の頭を撫でる。

「あ……ん……ふふふ……これ、すきぃ」

「……さよけ」

「うん！ 貴方に頭を撫でてもらっていると、凄《すご》く安心するのよね」

「……おい、本当にどうした？ お前今日、変じゃね？」

いや、最近スキンシップは激しく……もないが、ちょっとあったけど！ こんなベッタベタに甘えてくる桐生なんて初めてなんだが！

「……ちょっと、アてられたのよ」

「桐生？」

「有森《ありもり》さん、凄く幸せそうだったでしょ？ 人を愛して、人に愛されるって、あんなに幸せなんだって思って……そう思うと、ね？ ちょっと羨《うらや》ましくなっちゃって」

「……許嫁《いいなずけ》がいるから、恋愛が出来ないことが？」

「……本気で言っているなら、『ぐー』で殴《なぐ》ってやろうかしら？」

「……わりぃ」

「もう……」

そう言って不満そうに頬《ほお》を膨《ふく》らまして俺を軽く睨《にら》んだ後、桐生はもう一度俺の肩に頭を乗せる。

「……昔、言ったの覚えてる？」

「昔？」

「最初は私、貴方と『上手《うま》く』やっていこうと思ってたの」

「……ああ。言ってたな」

「でも、一緒に暮らすことが決まって、その間に貴方のことを色々知れて……私は貴方と『楽しく』やっていきたいと思ったの」

「それも聞いた」

「でも……今は違うのよね」

「違う？」

「違う、と言うのは語弊《ごへい》があるのだけど……そ、その……上手くもやっていくのよ？　楽しくもやっていくんだけど……そ、そのね？　そ、それだけじゃなくて、そ、その……」

肩に乗せた頭のまま、桐生は上目遣いでこちらを見やる。此処から先、どんな言葉が飛び出すか、期待半分、不安半分で桐生の言葉を待って。

「――そ、その……あ、貴方と！　っ！　……あ、あう……だ、だから……」

潤んだ瞳をこちらに向けたまま。

……。

………。

「――な……『仲良く』……そう！　仲良くやっていきたいのよ!!」

…………え、ええ～…………

「……待って。言わないで。私も今、結構自己嫌悪。貴方に散々色んなことを言ったけど、私も人のこと言えないわ……」

ずーんっと俺の肩で落ち込んでみせる桐生。い、いや、まあ……確かにあんだけ溜めて『それかよ！』とも思ったけど……

「……まあ、良いじゃねーか」

「……東九条《ひがしくじょう》君？」

「その……藤田《ふじた》も言ってただろ？　こういうことは男から言うもんだ、って」

「……うん」

そう言ってキラキラとした瞳をこちらに向ける桐生。あー……

「……ごめん。そんな期待に染まった瞳でこっちを見られても、今すぐにはちょっと言えそうにない」

桐生の瞳にあからさまな『がっかり』が浮かぶ。い、いや、違うんだよ!!

「……その、な」

「何？」

「……情けない話だが……聞く？」

「……聞く」

「その……なんだ。俺的にはだな？　お前と、その……そ、そういう関係になるのがイヤとか、そうじゃないんだ。こう、むしろ……望ましいと申しましょうか……」

「……え？」

「……え？　えって何？」

予想外の反応なんだが。

「……そう、なの？」

「……え？」

「いや……貴方のことだから、賀茂《かも》さんとか鈴木《すずき》さんとか……それこそ川北《かわきた》さんに未練があるのかと」

「……どんだけ気が多いんだよ、俺」

「でも、川北さんを抱きしめたんでしょ？」

「いや、抱きしめたっていうか……」

あれは、アレだよ。瑞穂《みずほ》が暴れるから拘束《こうそく》しただけだよ。ハグとはいわない……と、思う。

「そうじゃなくて……その、なんだ。俺らってさ。このままいけば、結婚するわけじゃん？」

「そうね」

「その……それって、良いのかなって」

「……許嫁はイヤってこと？」

「いや、そうじゃなくて……こう、ゴールが決まってる中で……藤田とか有森みたいに？　こう……まあ、なんだ。そういう関係になるのって……俺らがなれるのかな、って」

「……どうしたのよ、急に」

「……たぶん、お前と一緒。俺もアてられたんだよ、きっと」

藤田や有森の二人を見てな。

「……ゴールが決まっている中での恋愛は……そうね、出来レースっぽい、ってこと？」

「それが近いが……」

どうせ、俺がどう思おうが俺たちは結婚する。そこで、例えば桐生と『そういう』関係になったとして。

「それって……なんというか、本物？　本物って言えば良いのか？　本物の関係、なのかな～って」

そして、それは桐生にしてもそうだ。確かに桐生は俺に好意を寄せてくれているのだろう。んなこと、誰がどう見ても分かる。分かるが。

「お前から寄せてもらってる、こう──な、仲良くしたいって気持ちもさ？『仲良くしなくちゃいけない』って考えからきてないって……胸張って言えるか？」

「……馬鹿にしてるの、貴方？　私の気持ち。そもそも言ったでしょ？　私は元々、貴方と仲良くしたいなんて思ってなかったの。出逢《であ》った時に言ってるのならともかく、今更こんなこと言うと思う？」

「そ、そうじゃねえよ！　そうじゃねーけど……たぶんな、桐生？　俺らって、許嫁じゃなかったら出逢って……はいたかも知れないけど、多分こんな関係になってはいなかったと思うんだ」

「……まあ、それはそうね」

「だから……こう、俺やお前が相手に抱いている感情ってきっと、状況に左右されてるところが大きいと思うんだよ」

そういう意味では俺たちは藤田や有森ほど、『純粋』ではない。いわば、仕組まれた関係であり、それを少しでも良い風に出来るよう……まあ、有《あ》り体《てい》に言えば無理して好きになっているんじゃないかって、そう思う。俺も、勿論《もちろん》、桐生も。好きじゃないといけないという強迫観念に晒《さら》されているというか。結婚するんだからどう考えても一緒だろう、という意見もあるだろうが……なんとなく、俺がイヤなの。

「……貴方の考えは分からないでもないわ。面倒くさいことを、と思うけど。卵が先か、鶏《にわとり》が先かって話ではないの、それ？」

「……だよな。理屈っぽいこと言ってんな～と思うよ、自分でも」

「……恋愛って、そんなに難しいモノなのかしら？　相手をちょっとでも『良いな』と思って、その『良いな』が沢山《たくさん》になったら……それって『好き』ってことじゃないの？」

「その『良いな』がそもそも無理矢理見つけた『良いな』かも知れないって話だよ」

「……」

「……」

「……面倒くさい男」

「……だな」

桐生のジト目に俺、苦笑。尚もそんな俺をジト目で見やりながら、呆《あき》れた様に桐生は苦笑を浮かべてみせた。

「……分かったわ」

「……分かってくれたか」

俺の言葉に、桐生は微笑《ほほえ》み。

「東九条君、私と恋人になりましょう」

「……分かってくれてなかったか」

「分かったって言ったでしょ。貴方の言うことは分かるわ。でもね？ 私自身は、最初は嘘の関係だとしても、そこから想いを育てていけば良いと思ってる。貴方の言葉を借りるなら、ゴールは一緒でしょ？」

「……まあ」

「その上で、貴方の考えを一言で纏《まと》めると」

そう言って桐生は人差し指をピンと立てて。

「──少女漫画のヒロインね」

「……少女漫画のヒロインって」

……ひどくね？

「『真実の愛が～』って言ってるところがそっくりよ？　まあ、気持ちも分からないではないから、そこは譲歩《じょうほ》して……最初から、『偽物の恋人』になりましょう？」

「……偽物の恋人？」

「そう。貴方《あなた》、私と仲を深めることには反対しないんでしょ？」

「まあ、そりゃそうだけど」

一緒に暮らすんだから、そりゃそうだろう。

「なら、最初からお互いに期待しないの。『本物』になることを目標としないの。そうすれば、貴方も納得いくんじゃない？　『これは強制された感情だ』って思うなら、それはそれでも良いわ。その上で、それでも恋人らしく振る舞うの。いつか、貴方が『これは本物だ』って思えたら……その時は、私にその気持ちを教えてくれたら嬉しいわ」

「……それって」

「良いじゃない、それで。そんなに難しく考えなくて……二人で、楽しいこと、嬉しいこと、いっぱいしましょう？」

俺の目をじっと見て。

「――恋人っぽいこと、沢山しましょ？」

綺麗《きれい》な笑顔を浮かべる桐生に――桐生の優しさに、俺は黙って頷《うなず》いた。

◇◆◇

翌日。なんだか色々精神的にやられた俺は登校早々机に突っ伏す。昨日は勢いで頷いたものの……恋人っぽいことってなんだよ？

「おっす、浩之《ひろゆき》！　おはよう！」

そんな俺の頭上から掛かる声に顔を上げる。と、そこには昨日男前な告白をして見事彼女持ちになった藤田が良い笑顔で立っていた。

「……おはよ」

「お？　なんだ、なんだ？　暗くねーか？　もっと元気出していこうぜ～」

「……お前は元気だよな」

「そりゃ、元気にもなるさ！　だって俺……」

そう言ってニヒヒと気持ち悪い笑顔を浮かべながら親指を立てる藤田。

「──昨日、恋人が出来たし！」

「……うぜぇ」

心の底からの声が漏《も》れた。え？　コイツってこんなに……ああ、そうだ。最近コイツの株爆上げだったから忘れてたけど、基本コイツお調子者だった。

「うぜぇって酷《ひど》くないか？　もうちょっと喜んでくれよ、お前も！」

「正直に言おう。喜ばしいことだとは思ってる」

「お、おう……なんかそんなに素直に言われると、ちょっと不気味なんだが……こう、『調子に乗るな！』的な突っ込みがくるかと思ったんだけど……」

「別にお前が彼女持ちになったのを祝福しているワケじゃない。いや、祝福はしているが……どっちかって言うと、有森がきちんとお前と付き合えたのが喜ばしい」

「ひどくね!?」

いや、別にお前がどうでも良いというわけではないんだぞ？　でもまあ、アレだ。お前よりは有森の方が気に掛かったというわけだ。ばっちり恋に落ちる瞬間も見たし、責任の一端は俺にあったからな。上手《うま》くいってほしいとは思ってたし。

「……親友甲斐《がい》のないやつだな、お前」

「うるせぇよ。んで？　どうだ？　彼女持ち初日の気分は」

「……気分？　そうだな」

にっこりと笑って。

「……最高」

そう言ってだらしない笑顔を見せながら、手に持った袋を掲《かか》げて見せる藤田。なんだよ、それ？

「なんだ、それ？」

「弁当だよ、弁当！　今日の昼、一緒に食う約束してるんだ！　『……ご迷惑じゃなければ、明日……一緒にお弁当食べませんか?』って有森が！　可愛《かわい》くね？　俺の彼女!!」

「はいはい。可愛い可愛い。良かったな、愛妻弁当貰《もら》って」

『そうなんだよ〜』と自慢げに緩《ゆる》む藤田の顔。そんな想像をする俺に、藤田は少しばかり苦笑を浮かべてみせる。

「いや……これ、俺の手作りなんだよ」

「……何?」

え？　そうなの？　何？　料理男子が流行《はや》ってるの、今?

「有森、料理はそんなに得意じゃないらしくてさ？　でも、折角《せっかく》付き合って初日だし……別にコンビニ弁当とか購買のパンでも良いっちゃ良いんだけど……ホレ、やっぱり、手作り弁当って……良いじゃん?」

「……ごめん、あんまり賛同出来ないかも」

いや、別に男が料理を作るのがダメとは言わんよ？　俺だって作るし。でもさ？　こう……女子の手作り弁当って憧れあるじゃん。っていうかさ?

「……有森、なんか言ってなかったか？　お前が弁当作ることに関して」

「『ウチの彼氏、気遣いも出来て優しくて料理も出来るなんて……』って言ってた」

「のろけ?」

「……その後、地面に手をついて項垂《うなだ》れてたから、ショックは受けてたと思うぞ」

「……」

……だろうな。何？　彼女のメンタル折りにいくスタイルなの？

「っていうかお前、料理出来たんだな？」

「おう！　まあ、そうはいっても簡単なモンばっかりだけどな。ホレ、一駅先の駅前に喫茶店《きっさてん》あんじゃん？　あそこでバイトしてんだよ、俺。キッチン担当だから、一通りは作れるぞ？」

「……意外に多才だよな、お前」

「『これ！』ってのがないだけだけどな。器用貧乏っていうのか？」

「……その能力が勉強に生きれば良かったのに」

「やかましいわ」

そう言って俺の肩を小突く藤田。いてーよ。

「まあ、程々にしとけ。有森、ガチでヘコますなよ？」

「あー……そうだな。俺的には別に料理なんて出来る方が作れば良いと思ってるんだけど……でも、それで有森が悩むのも考えもんだし、ちょっと気を付けるわ」

「そうしてやれ」

お前なら出来るだろ？　人に優しくするプロだし。

◇◆◇

「おかえりなさい」

「ただいま」

学校から家に帰ると、桐生はリビングで本を読んでいた。ちらっと覗《のぞ》き見ると……なんだか難しそうな人名が並んでいた。

「……何それ？」

「小説。ロシア文学ね。読む？」

「……日本人の名前ですら覚えられないのに、ロシア人の人名とか覚えられそうにないから遠《えん》慮《りょ》しとく」

長いしな、ロシア人の名前って。あれだろ？ なんとかスキーとか、なんたらヴィチとか付くんだろ？

「……数ページ進んで、『コイツ、誰だっけ』ってなりそうだからな」

「もう」

そう言って苦笑を浮かべて本を閉じる桐生。そのまま、視線を俺に向ける。

「……今日、有森さんにメッセしたのよ」

「……連絡先、知ってるのか？」

「……」

「……」

「……『なんて送ったんだ？』って聞かれると思ったのに、まさかの斜め下の返答だったわね。知ってるわよ、連絡先ぐらい！」

「そ、そっか。それはすまん」

いや、だって桐生だし。

「私だって少しずつ成長してるの！　ともかく……彼女、今日付き合って初日でしょ？　私たちも『恋人っぽい』ことをしようって思ってるわけだし、ちょっと参考にさせてもらえないかな～って」

「……なるほど。先達《せんだつ》に聞くのか」

桐生は言わずもがな、俺だって周りのカップルは藤田と有森しか知らないからな。何、この恋愛経験値の低さ。

「……お前、恋愛小説好きって言ってなかったっけ？」

「好きよ」

「ないの？　小説にそういう描写」

「恋愛小説は好きなんだけど……恋愛小説って、『付き合う』までは凄《すご》く丁寧《ていねい》にやるのに、付き合った後の描写って少ないのよね」

「……そうなの？」

まあ、付き合うまでのアレコレを楽しむもんなんだろうしな、アレ。付き合った後の描写ってデートシーンぐらいか？

「ないわけじゃないけど……基本、恋のさや当て相手が出て～、みたいなパターンが多いのよ。勿論《もちろん》、物語としてそれがダメってワケじゃないんだけど……ねえ？」

「参考にはならないか」

今の俺らの現状には合わんわな、そりゃ。

「まあ、そうよ」

「んで？　有森からはなんか参考になる話を聞いたのか？」

「……」

「……なんだよ？」

「『藤田先輩、料理も完璧《かんぺき》なんですけど……どうしたら良いですか。桐生先輩！　お願いです、料理、教えて下さい！』って返信が来たわ」

「お前……それ、聞く相手絶対間違ってるぞ？　っていうか、こないだワクドで料理苦手って言ってなかった、お前？」

ああ、でも……言ったのが桐生だしな。きっと有森は『桐生先輩は謙遜《けんそん》してる！』って思ったんだろうな。基本スペック高いし、こいつ。

「……その通りだけどはっきり言われたらそこはかとなく腹が立つわね。大丈夫、『料理は一日にしてならずよ。とりあえず、練習あるのみだから！　どうしても詰まったら、連絡ちょうだい』って返しておいたから」

「……お前、それって」

「……う……教えてあげるとも、得意だとも言ってないわよ？　う、嘘はついてないわ。連絡ちょうだいって言っただけだもん！」

「出来ないって言えよ？」

「ちょ、ちょっとは出来るもん!!　と、ともかく！　それで有森さん、落ち込んだんだって！」

「……だろうな～」

気持ちは分かる。へこんだ有森の姿が目の前に浮かぶよ。

「……あら？　貴方《あなた》も思うの？　別に得意な方が作れば良いんじゃない？」

「そうだけど……でもさ？　例えばお前がナンパとかされて、俺の助けも借りずにナンパ相手を叩きのめしたら俺、ちょっと自信失うぞ？」

あるじゃん、イメージって。こう、女の子は男が守る、みたいな。料理はそれの女の子版みたいな。

「……まあ、それはそうね。一応、心に留めておくわ」

「……叩きのめす自信、あるの？」

「これでも一応、お嬢様だし。護身術は一通り覚えたわ」

……マジか。俺、いらないじゃん。

「別に貴方をボディガードにしたいワケじゃないから良いのよ。そ、その……あ、貴方は傍にいてくれれば、それで……」

「そ、そうか」

そう言ってチラチラとこちらを見やる桐生。その……ちょっと照れるんですが。

「と、ともかく！　有森さん、随分《ずいぶん》落ち込んでたんだけど……そうしたらね？　藤田君が、

『ぎゅ』って抱きしめてくれたんだって！　『ぎゅ』って！」

「……やるじゃん」

「『別に料理が出来るとか出来ないで、お前のこと好きになったわけじゃないから』って……有森さん、凄く嬉しかったらしいの！」

「……まあ、そうだろうな」

　さっきまでへこんでいた有森が目に浮かんでいたが、今度は笑顔の有森が目に浮かぶようだ。

「そ、それでね？　その話を聞いて、思ったの！　やっぱり恋人と友人の違いはスキンシップじゃないかな～って！」

「……」

「友達同士では出来ないことも、恋人同士では出来るんじゃないかって、そう思ったのよ！」

　……ああ、これ。すげー嫌な予感がする。

「だ、だからね、東九条君？」

　潤んだ瞳でこちらを見つめて。

「──そ、その……『ぎゅ』って……して？」

「……ええっと……」

　桐生が何を言い出したか、一瞬理解出来なかった。一秒、二秒経ち、ようやく頭が回りだしたところで。

「ぎゅ、ぎゅー？」

なんか変な声が俺の喉《のど》から漏《も》れた。喩《たと》えるなら未知なる生物の鳴き声の様な無様な俺の声に、桐生が顔を真っ赤にして胸の前で手をわちゃわちゃと振ってみせる。

「そ、その！　ち、違うの！　ち、違わないんだけど……あ、有森さんがね？『藤田先輩にぎゅってされると、胸がきゅーって切なくなって、温かくなるんです』って惚気《のろけ》るの！」

「あ、ああ」

「だ、だから！　わ、私たちも『それ』が分かれば……も、もうちょっと……そ、その！」

「……」

「そ、それに恋人っぽいことでしょ!?　だって、『ぎゅー』よ、『ぎゅー』！　友達じゃ絶対しないでしょ！」

「……たまに智美《ともみ》が涼子《りょうこ》にしてるが」

「それは同性だからでしょ！　異性はしないの！　っていうか、そもそも友達のいない私には同性でもしたことないもん！」

……なんかごめん。

「……にしても……『ぎゅー』ね」

……いや、流石《さすが》にハードル高くね？　だってぎゅーってアレだろ？　ハグってことで……まあ、桐生を抱きしめるってことだよな？

「……」

「……」

「……わ、私だって恥ずかしいわよ!!　でも……そ、それぐらいしないと、貴方、全然前に進もうとしないじゃない!!」

「……そ、それは……」

いや、そう言われるとそうかも知れんが……でも、抱きしめるって。そんなことしても前向きに進む気はしないんだが。

「な、何よ！　い、嫌なの!?」

「……」

「……え？　ほ、本当にイヤ……？」

不安そうな桐生の瞳。その瞳に、しっかり視線を合わせて、俺は首を左右に振ってみせる。

「……正直に言おう。役得だと思う」

「や、役得って……言い方、もうちょっとなんかなかったの？」

「すまん。ただまあ……お前がどれほど自覚してるか知らんが、お前って……こう、ちょっと見ないぐらいの美少女なわけじゃん？」

二年生の三大美女の一人だし、桐生。正直、見た目は抜群《ばつぐん》に良い。いや、最近では性格も良いとは思うんだが……まあ、ともかく。

「……そんな美少女に『ぎゅってして？』とか言われるなんて、どんなご褒美《ほうび》だよ、とは思う。

冗談抜きで」

　宝くじが当たったぐらいの幸運だろう、マジで。

「そ、そこまで褒《ほ》めてもらうと……う、嬉しいけど……じゃ、じゃあ！」

「……だからな？　よく考えてみろ」

　そんな美少女桐生をハグするんだぞ？　しかも、誰の邪魔も入らない、二人で同棲《どうせい》している
マンションで。

「……ごめん。理性が持つ気がしない」

　正直、我慢出来る気がしない。だってお前、よく考えてみろ!?　こんだけ美少女の桐生に
『抱きしめて？』って言われて、ぎゅってして終わりって、どんな賢者だよ、俺！　辛抱《しんぼう》利《き》く
ワケねーだろうが！　男子高校生の理性舐《な》めんな！　紙より薄いぞ！

「……」

「……」

「……そ、そこは……東九条君が……が、我慢するということで」

「……どんな地獄だ、それは」

　イジメか。

「と、ともかく！　女の子に此処《ここ》まで言わせたのよ!!　恥《はじ》かかせないで！　後のことは後で考
える！　とりあえず、レッツ・ハグ！」

「……なんだよ、レッツ・ハグって……」

そう言って桐生は目を閉じて両手を広げて『待て』の姿勢。気付けば、肩も小刻みに震えてるし、唇も青い。

「……っ！」

――そう、だよな。こいつ、俺の為に前に進もうとしてくれてるんだよな。

「……後悔《こうかい》しないな？」

「す、するワケないでしょ！　女に二言《にごん》はないの！　女は度胸！」

「……愛嬌《あいきょう》だろう」

目をぎゅっと瞑《つむ》ったまま、そういう桐生。そんな桐生がなんだか可愛《かわい》らしくて、少しだけ苦笑を浮かべたまま、俺は桐生の肩に手を置く。

「――っ‼」

「……怖いか？　それなら――」

「いい！　良いから、早く！　だ、抱きしめなさい‼」

未だに目をつぶったままの桐生。ぎゅっと唇を嚙《か》みしめたままの桐生を抱きしめる様に、俺は桐生の背中に手を回して。

「――や、やっぱり、ダメ――‼」

「ぎゃん!!」

不意に頭を上げた桐生の後頭部が俺の顎《あご》にクリーンヒットした。脳が……揺れる……

「いたっ！　～!?　ひ、東九条君!?　だ、大丈夫!?」

俺の目に映った最後の光景は、驚いた様に目を白黒させる桐生の姿だった。

◇◆◇

「……」

「……」

「……ひどくね？」

「……ごめんなさい。もう……ごめんなさいとしか言いようがないわ。本当に……ごめんなさい」

「……」

顎に氷嚢《ひょうのう》を当ててソファに座る俺。そんな俺を見下ろす様に、桐生はしょぼんと俯《うつむ》いて頭を下げる。

「……そ、そのね？　ほ、本当に『ぎゅ』ってされたいのよ？　で、でも……や、やっぱり恥ずかしいっていうか……そ、その、今、目を開けたら東九条君が目の前にいるんだって思ったら、急に……こう、頭に血がかーって昇って……」

ごめんなさい、と謝る桐生。

「……い、痛い?」

「……まあ」

痛くないと嘘はつけん。顎にクリーンヒットだったしな。

「……ごめんなさい。怒ってる……わよね?」

「あー……まあ、痛いのは痛いが、別に怒ってるわけじゃねーよ」

「……ホント?」

「まあ、恥ずかしい気持ちは分かるしな」

今まで許嫁《いいなずけ》として、二人で暮らしてきたわけだが……いきなり前進っていうのも無理があったんだろう。気持ちは痛いほど分かる。まあ、顎はガチで痛いが。

「……で、でも……それじゃ……」

そう言ってまた唇を噛みしめる桐生。そうは言ってもこのままでは前に進めないと思っているのだろう。

「……」

そして、それを思わせてるのが俺だという事実に、自身を殴《なぐ》りたくもなる。

「……立ってないで、座れば?」

「う、うん」

そう言って俺の隣に腰を下ろそうとする桐生。そんな桐生を手で制し。

「――ここに」

　自身の膝の上を指差す。一瞬、きょとんとした後、桐生の顔が瞬間湯沸かし器よろしく一瞬で真っ赤に染まる。

「こ、ここここここ!?」

「鶏《にわとり》か。いや、正面向いて抱き合うから恥ずかしいんだろ？　なら、座椅子《ざいす》よろしく俺の上に座れば、目を合わせなくて済むじゃん。それなら恥ずかしくないんじゃないか？」

「は、恥ずかしいに決まってるでしょ!?　ど、どうしたのよ、東九条君!?　やっぱり、打ちどころが悪かったの!?」

「……そんな頭の心配のされ方はイヤすぎる」

　そうじゃなくて。

「お前……俺との関係を進めたいって、思ってくれたんだろ？」

「……うん」

「言い方悪いけど……別に許嫁、楽しくも上手《うま》くもやっていく必要はない。普通に結婚して……まあ、致すこと致して子供だけつくりゃそれで誰にも文句言われない、そんな関係でも良いのに……それじゃイヤだ、って思ってくれたんだろ？」

「……うん」

「……なら、俺もそれに協力したいって……そう思っただけだ」

「……うん」

そう言って頷《うなず》いた後、慌てた様に桐生が声を上げる。

「で、でも！　そ、それは……私の我儘《わがまま》で！　わ、私が……た、ただ、東九条君と……も、もっと仲良くしたいって……そ、そう思っただけで……」

小さくなる声音《こわね》。そんな声に、苦笑を浮かべて。

「──俺もだよ。俺も……もっと、桐生と仲良くしたい」

「……あ」

「感謝もしてるけど……そんなの、関係ない。単純に……ただ、俺がもっと桐生と仲良くしたいんだよ」

「……」

「……」

「……ねえ？」

「なんだ？」

「……踊っても良い？」

「……嬉しいと小躍りするってヤツ？」

「そう。ダメかしら？」

「ダメだな？」

「なんでよ？」

「お前の定位置は此処なの」

そう言って膝を指差す俺。そんな俺の仕草にもう一度耳まで顔を真っ赤に染めて、桐生がにっこり笑う。

「そう——それじゃ……お、お邪魔するわね？」

『お邪魔します』と言いながら、桐生が若干《じゃっかん》緊張した面持《おもも》ちでソファに座った俺の膝の上に腰掛ける。

「……ねえ、これ……」

「……うん。ちょっと違うな」

「……そうね。ドキドキはするけど……こう、なんでしょう？　あんまり『恋人っぽい』感じはしないわ」

ですよね。これ、完全に座椅子だもん。本当にありがとうございました。

「……ちょっと待てよ……桐生、一遍《いっぺん》立ってくれるか？」

俺の言葉に桐生が浩之座椅子から立ち上がる。それを確認し、俺は心持ち深くソファに座り込み、ソファの上で胡坐《あぐら》をかく。

「……これならどうだ？　俺の足の上、座ってみろ」

「……それでは」

再び『お邪魔します』と声を上げて、桐生が胡坐をかいた俺の足の上に座る。ソファに深く腰を掛けていたお蔭《かげ》で、ゆったりと沈み込む俺の胸の中に桐生が背中を当てた。

「……これ、良いわね。なんかこう……『ほっこり』するわ。良い座椅子具合ね、東九条君」

「俺の人生の中で一番嬉しくない評価だな、それ。あー……っていうか、汗臭《あせくさ》くないか？　別段激しい運動をしたわけじゃないけど……」

生活してりゃ、少しぐらいは汚れるし。そんな俺の疑問に、桐生は黙って首を横に振る。

「全然。というか……こう、東九条君の匂《にお》いって安心するのよね。いい匂いがする」

「そうか？」

「うん。私だけかも知れないけど……不快感は全くないわ。ちなみに私は？」

「……」

「……え？　く、臭い？」

「あー……いや。全然、そんなことはない。むしろなんていうか、女の子の匂いというか……」

こう、女子特有の甘ったるい香りというか……とにかく、いい匂いです、ハイ。

「……なんか、ちょっとだけ変態っぽい」

「……そう思ったから言い淀《よど》んだの。ズルいよな。俺はいい匂いって言われてちょっと嬉しかったのに、俺が言うと変態っぽく聞こえるって」

「男の子と女の子の差でしょ？　それに……べ、別に嬉しくないわけじゃないわよ？　東九条君に『いい匂い』って言ってもらえたら……そ、その……う、嬉しいし」

「……さよけ」

「うん。それよりも……『女の子の匂い』という発言がそこはかとなく気になるのだけど？　貴方《あなた》、他の女の子にこんなことしたことがあるの？」

「……あー……まあ、俺は妹いるしな」

「関係あるの？　ああ、妹さんにもこういうことしてたってこと？」

「……」

「……何？」

「……怒る？」

「……怒られるようなことなの？」

どうだろう？　あんまり進んで話したいことではないが……でもまあ、仕方ないか。

「……まあ、アレだ。ウチの妹ってたまに凄《すご》く甘えたがりになることがあってだな？　『おにい、座椅子！』って俺の膝の上に飛び乗ってくるんだよ」

「あら？　可愛《かわい》い話じゃない？」

「……んでまあ、そんな妹の姿を見て『茜《あかね》ばっかりズルい！　浩之先輩、私も！』って瑞穂が飛び乗ってきたり、『ヒロユキ！　そりゃ次は当然私の番よね？』って智美が乗ってきたり、『やっぱり、幼馴染《おさななじみ》差別はダメだと思うんだ、浩之ちゃん？』って言って涼子が乗ってきたりするワケで……」

「……全然、可愛い話じゃなかったわね。何それ？」

首を上にあげ、視線だけを俺に向ける桐生。その視線から視線を逸《そ》らすと、桐生が不満そうに頬《ほお》を膨《ふく》らませた。

「……道理で座り心地が良いと思ったら……使い古された座椅子だったわけね？」

「……使い古されたって酷《ひど》くね？」

「そうじゃないの？　色んな女の子のお尻をその膝の上に乗せてきたんでしょ？」

「言い方!!」

俺の言葉にそう言ってクスクスと笑ってみせる桐生。勘弁してくれよ、マジで。

「……冗談よ。そりゃ、全然気にしないって言うと嘘になるけど……でも、昔の話をしても仕方ないもの。これからが大事よ」

「前向きなこって」

「そうね。後ろ向きになっても仕方ないし」

そう言ってクスクスと笑う桐生。そんな桐生にため息を吐いて。


「――って、ひ、東九条君⁉　な、何してるの⁉」


後ろから手を伸ばし、桐生のお腹の辺りを抱きしめるとそんな声が響いた。あ、あれ？

「……どうした？　変な声出して」

「へ、変な声って⁉　だ、だって、貴方、今、わ、私のお腹に、てててて手が!!」

「？　……ああ、わりぃ、わりぃ」

そっか、ごめん、ごめん。

「い、いや、別にわ、悪くはないのよ？　こう、ちょっとだけ嬉しか――って、きゃあ⁉　ち

ょ、あ、貴方!?　ど、何処《どこ》に手を回してるのよ!?」

お腹に回していた手を肩のあたりまで持っていき抱きしめると、またまた桐生から抗議の声が響く。なんだよ、さっきから？

「……あすなろ抱きが良いって意味じゃなかったのか？」

「そういう意味じゃないわよ!?　ひゃう！　み、耳に息が……」

「……これはイヤか？」

「い、いやじゃないけど！　は、恥ずかしすぎるから！　お、お腹で！　手はお腹！」

「……はいはい」

桐生の言葉通り、再び手を桐生のお腹に持っていく。そうすれば必然的に俺の唇と桐生の耳の間には距離が空《あ》く。その隙間《すきま》を利用するように、再び桐生が首だけ上にあげて俺に『きっ』とした視線を向けた。なんだよ？

「……心臓、止まるかと思ったじゃない」

「……いや、『ぎゅ』ってしてくれって言ってたから……」

「も、物事には順序ってモノがあるでしょ!!　わ、私にも心の準備があるんだから」

「……すまん」

なんだかちょっとだけ理不尽なモノを覚えながら、それでも素直に頭を下げる。俺のその行動で少しだけ溜飲《りゅういん》が下がったのか、桐生の目の険が少しだけ取れた。

「……まあ、私も『ぎゅ』ってしてって言ったわけだし、貴方は私のお願い通り行動してくれたわけなんでしょうけど……っていうか、どうしたのよ、貴方？　さっきまでアワアワしてたくせに。別人じゃないの？」

「別人でも偽者でもないが……まあ、俺もちょっとだけ腹を括《くく》ったんだよ。俺だってお前と仲良くしたいしな」

「……嬉しいこと言ってくれるじゃない。それで？　貴方、随分手馴《ずいぶんてな》れてたみたいだけど、賀茂さんや鈴木さん、川北さんにもこうやって後ろから抱きしめたりしてたのかしら？」

「……それ、聞く？」

「……聞くまでもないでしょうね。どうせ妹さんが『やって！』って言って、それにヒートアップした面々が……ってところでしょ？」

「……見てたの？」

「見てなくても分かるわよ。ふんだ！　浮気者～！」

不満そうにぷいっとそっぽを向く桐生。が、それも一瞬、今度は優しい微笑《ほほえ》みを浮かべてみせる。

「……なんてね。さっきも言ったけど、私と出逢《であ》う前のことまで言われても息が詰まるでしょうから、これ以上は言うつもりはないわ」

「……それは助かるな」

「でも……そうね。一個だけ、我儘《わがまま》言っても良い？」

「……なんだ？」

「その……」

……これからは、私以外にはしないで、と。

「……わ、私は許嫁《いいなずけ》だし！　こ、これから結婚するんだから、私以外としたら浮気でしょ!!

だ、だから……」

「……そ、そう？　それなら……い、イイケド……」

「……流石《さすが》にお前がいるのにこんなこと出来るほどの度胸は俺にはねーよ」

そう言って照れた様に頰《ほお》を染める桐生。ああ、そうだ。

「一個、言い忘れてたけどよ？」

「……何？」

「俺、今まで……こう、こういうことをしたことはあったけどな？　それって全部、命令……

というか、要求されてやっただけだぞ。あー……だから、まあ」

――自分からしたいと思ったのは、お前が初めてだ、と。

「……そ、そうなの？」

「おう」

「そ、それじゃ……ゆ、許してあげる」

そう言って、自身の手をお腹に回した俺の手に重ねる桐生。

「……ねえ」

「なんだ？」

「これ……まずいわね。なんか、離れたくなくなるわ」

「マイナスイオンでも出てるのか、俺？」

「そんな良いモノじゃないわよ。これはある意味、麻薬よ。どうしましょう？　離れられなくなったら責任、とってくれるの？」

「……まあ。結婚もするし」

「もう！　そういう意味じゃないでしょ！　女心が分からない人ね！」

「……わりぃ」

「だーめ！　許してあげない！　許してほしかったら……」

　頭、撫《な》でて、と。

「……りょーかい」

「……ふふふ。これ、本当にまずいわね。あ！　これから、毎日お願い出来る？」

「用法用量守れよな？」

「……ごめん、無理かも」

　そう言ってにっこり笑う桐生に肩を竦《すく》め、満足するまで俺は桐生の頭を撫でた。

◇◆◇

　桐生とハグ……っていうのか、アレ？　ともかく、そんなことがあった翌日。俺は朝一で校舎裏に立っていた。なんでかって？

「……その……」

「……ああ」

そう言ってもじもじと足で絵を描く目の前の女の子。言わずとも誰か、分かるだろ？

「あ、あのね、あのね？　こう……前から思ってたんですけど……」

「……」

少しだけ潤んだ瞳でこちらを見る。はっと息を呑《の》みそうなほど、色っぽい視線が俺を射貫《いぬ》く。


「その……い、いいなって」


「……何が？」

なんだよ、良いなって。

「だ、だから！　その……付き合ってるんですか？」

「……誰と？」

「だ、誰って……そんなの、一人しかいないじゃないですか！」

――桐生先輩と、と。

「……いや……まだ付き合ってはいない」

俺の言葉に、顔に喜色を浮かべる……見知らぬ後輩の女の子。

「そ、そうなんですか！　そ、それじゃ東九条先輩！　そ、その、私と仲良くしてもらえませんか!!」

——前、言ったことあったの覚えてるか？　ウチの学校はそこそこの進学校で……まあ、校舎裏は不良の溜まり場っつうよりは、告白スポットだって話。

「お友達からでいいです！　よろしくお願いします!!」

——東九条浩之、十七歳。

「……えぇっと……」

人生初のモテ期、到来。

◇◆◇

「……んで？　朝から後輩女子に告白された浩之君はどうしたんだよ？」

「……どうもしねーよ。『お友達から』って言われたけど……まあ、お友達以上に発展はしないし、普通に俺はお前と付き合う気はないって言ったら帰っていったよ」

「……」

「いや……別にそれで結果としては間違いないんだろうけど……なんかバッサリいったな、って」

コンビニで買ったパンをモグモグと齧《かじ》りながらそう言う藤田。なんでも今日は有森《ありもり》、昼に用事があるらしく男二人で寂しく昼食と相成った。まあ、別に良いんだけどな。

「……その……まあ、好意を寄せてくれてるのは嬉しかったけど……発展しないことに時間を使わせるのも申し訳ないだろ？」

「そっから発展するかも知れないじゃん。可愛《かわい》らしい子だったんだろ？」

「……まあ」

「それでも鈴木とか賀茂、或いは桐生の方が可愛いってか？」

「……それも、まあ。でも、別に顔がどうのこうのも……まあ、ゼロじゃないけど、それだけで断ったワケじゃねーぞ？」

「分かる。お前はそういうところはしっかりしてるヤツだと思うし」

「……そういうところはって」

んじゃどういうところがしっかりしてないんだよ？

「気が多いところかな？　鈴木、賀茂、桐生と二年の三大美少女侍《はべ》らせて……いつか刺されるぞ、お前」

「別に侍らせているワケじゃないんだが……」

っていうかだな、藤田？

「……お前、なんで知ってるの？」

昼休み早々、俺の机まで来て『俺になんか言うことないか？』だもんな。『具体的には今朝の校舎裏』って……なんだ？　見てたのか？

「見てはいない。見てはいないが……まあ、想像が付いてはいた」

「……想像が付いた？」

「……怒る？」

「事と次第によるが……言ってみろ」

俺のジト目に肩を竦《すく》めてみせる藤田。

「その……有森がな？」

「有森？」

「ほれ、こないだの試合、あっただろ？　それに同級生を結構呼んでたんだって」

「同級生を呼んだって……」

ああ、自分の試合を観に来いってか？

「……違う」

「違うの？」

「……その……有森って結構、『ガサツ』じゃん？」

「……自分の彼女にガサツってどうよ」

「いや、俺はその辺も含めて好きだから良いんだけど……まあ、有森のクラスメイト的には『乙女《おとめ》回路が死滅してる雫に、好きな男が出来た！』って……結構、盛り上がったらしい。だからまあ、正確には『呼んだ』っていうか、勝手に来たが正しいらしいが……」

「……愛されてんな、有森」

「……なんで？」

「だって普通、同級生のホレた男を見にわざわざ休みの日まで来ないだろ。それだけ、有森は学校で人気者ってことだろ？」

「……さんきゅな」

「おう」

彼女の高評価は嬉しいのか、藤田が『もにょ』とした顔を浮かべてみせる。と、それも一瞬、少しばかり真面目《まじめ》な表情を藤田は浮かべてみせた。

「それで……まあ、一年生の女子の間では浩之、お前今、結構人気者なんだって」

「……はい？」

は？　俺？

「さっきも言ったけど、有森の同級生は有森の好きな男……まあ、俺を見に来たワケだろ？　そうなったら必然的にお前のことが目に入るじゃん」

「……まあ」

「普段はそんなに目立つ方じゃないだろ、お前？　なのにあの試合でのお前って……こう、ちょっと凄《すご》かったろ？」

「……」

否定はせんよ、うん。スリーだって二桁《けた》決めてるし、ブザービーターも決めたしな。確かに、『どこの主人公だよ！』って言われる程度は活躍した自負はある。あるが。

「……でもあれ、まぐれだぞ？」

ぶっちゃけ、もう一回やれと言われても出来る気は全然しない。つうか、あの試合だけ異常に神懸《かみが》かってただけで、普段の俺は……まあ、下手《へた》くそとは思わんが、あんなプレーは出来んぞ？

「別に普段のプレーなんて女の子は興味ねーの。単純に、スリーポイントバンバン決めて、最後はブザービーターも決めた格好いい先輩がいる、って評判らしい」

「……」

「……まあ、確かに一緒にプレーをした俺からしても、あの日の浩之は無茶苦茶格好良かったからな。そりゃ、女子がキャーキャー言うのも分からんではない」

「……そうか？」

嬉しい様な、嬉しくないような……いや、嬉しいのは嬉しいんだが……

「……んで？　それでなんで俺が怒るんだよ？」

「さっき言ったろ？　この事態の発端はウチの彼女なわけだし……お前、正直迷惑してるだろ？」

「……エスパーかよ」

「エスパーじゃなくても分かるさ。俺は経験ないけど、人から寄せられた好意を断るのも結構、労力使うんだろ？」

「……まあな」

初めての経験だけど。遠回しに『無理』って伝えたら、泣き出しそうな顔をして心が痛んだし。

「だから、その原因を作った彼女の代わりに俺が謝ってるの」

「……いいヤツか」

いや、良い奴なのは知ってるけど。

「……まあ、別に怒りはしないぞ？　だって有森のせいじゃなくないか？」

発端は確かに有森かも知れんが……話を聞く限り、有森に非はねーだろ？　友達たちが勝手に見に来て騒いでるっぽいしな。

「ま、人の噂《うわさ》も七十五日って言うしな。それならその内、飽きられるんじゃねーの」

そもそも俺、別にイケメンでもなんでもないし。ならまあ、すぐに飽きられて別の話題になんだろ。ちょっとだけ、モテモテ気分を味わうのも……その、なんとなく、イヤな気分はしないし。

「……」

「……なんだよ？」

「……非常に残念なお知らせがあります」

「残念？」

「実は……今日、有森の昼の用事というのは『女子会』です」

「『女子会』？　残念なの、それ？」

「……正確には川北による『弾劾《だんがい》裁判』です。議題は……『浩之先輩に女の影を作らせるなんてどういう了見でやがりますか！』らしいです」

「……」

「……ちなみに傍聴席には賀茂、鈴木、藤原……そして、桐生がいます」

「……マジか。って、ちょっと待て？　んじゃもしかして今日、お前が予想が付いてったってのは……」

「……ご名答。有森から聞いた。『今日あたり、アタックを掛けにいくらしい』って」

「……」

「……『東九条先輩に、ごめんなさいしておいて下さい。そして、重ねて謝ります。追及されたら……答えないわけにはいかないと思います……体育会系ですし、先輩の言うことは絶対なんです……』とのことだ。鈴木がいる時点でアウトらしい」

……え？　それって、アレ？　今日、俺が告白っぽいされたことも涼子や智美や。

「……」

——桐生の耳に入る、って……こと？

「……マジで？」

茫然《ぼうぜん》とする俺。いや、別に悪いことしたわけじゃないよ？　したわけじゃないけど……

「……怒られ、る？」

……イヤな予感しかしないんだが。

「ま、まあ、別に浩之が悪いわけじゃないし！　だ、大丈夫だって！　ほれ、パン食え、パン！」

そう言って菓子パンをひとつ差し出してくる藤田。そ、そうだよな！　大丈夫だよな！　気を強く持て、俺！

「そ、そうだよな！　だ、大丈夫だよな！　べ、別に俺が何かをしたわけじゃないし！」

「そ、そうだよ！　大丈夫、大丈夫！」

そう言って二人で乾いた笑いを浮かべる。そのまま、味気ない食事を終え、午後の授業を終え、藤田の言葉を信じて家路について家の扉を開けて。

「——あら？　お帰りなさい。『モテモテ』の東九条君？」

背中に夜叉《やしゃ》を背負い、仁王立《におうだ》ちで立つ桐生の姿に、俺の冒険が此処《ここ》で終わったのを悟った。

「……」

「……」

なんとなく、重い空気が漂う玄関先。目の前には夜叉を背負う桐生という、なんだかよく分からない構図の中。俺は少しだけ愛想笑いを浮かべてみせる。

「た、ただいま」

「……お帰りなさい」

「……」

「……そんなところに突っ立ってないで、上がったら？」

「……はい」

靴《くつ》を抜ぎ、家に上がる。その姿をじっと見つめた後、桐生は俺に背を向けてリビングに続く廊下《ろうか》を歩く。

「……来なさい」

「……はい」

リビングのドアを開けて室内へ。それに続いて入った俺をジト目でねめつけると、桐生は顎でソファを指した。

「……座りなさい」

「……はい」

もう既に逆らう気すらない。言われるがまま、俺はソファに座る。と、桐生から舌打ちが聞こえてきた。き、桐生さん？　お、女の子が舌打ちはダメですよ？

「……そうじゃないでしょ？」

「……はい」

そうですね。こういう時は正座ですよね？　そう思いなおし、正座に座りなおす。

「……っち」

……再び桐生から舌打ちが聞こえてきた。え？　え？　な、何？　正座じゃねーの？

「……そうじゃないでしょ？　昨日、言ったわよね？」

「き、昨日？」

「これから毎日『これ』やってって。何？　貴方《あなた》、忘れたの？」

「これ？　これって……！　あ、ああ。あれ？」

「……そうよ」

ぷいっとそっぽを向く桐生。少しだけ唖然《あぜん》としながらも、俺はソファの上で正座から胡坐《あぐら》に変える。そっぽを向いていた桐生がチラリと俺の方に視線を向けて俺が胡坐をかいたのを確かめると、黙って俺の膝の上にすっぽりとその体を沈めた。

「……」

「……」

「……有森さんに聞いた。モテモテらしいわね、貴方？」

「……ええっと……べ、別にモテモテなワケじゃ……」

「……言い訳しない」

「……はい」

「……」

「……」

「……その……ごめんなさい」

不意に桐生が俺の足の上でしょんぼりと俯く。先ほどまでの怒気はどこへやら、沈んだ面持ちの桐生に思わず焦ってしまう。

「な、なんで桐生が謝るんだよ？　わ、悪いのは――」

「悪いのは貴方なの？」

「――……いや……まあ……うん」

……だよな。別に、俺悪くないよな？

「……分かっているのよ。別に貴方が悪いわけじゃないって。だって別に貴方が誰かに告白したわけでもないし、誰かと過度なスキンシップを取ったわけでもない。貴方はただ、校舎裏に呼びだされて告白されただけだものね。そんなもの、貴方に怒っても仕方ないって、そう思うわ。そう思うんだけど……」

止められなかったの、と。

「……桐生」

「……有森さんに『東九条先輩、今、一年女子の中で人気です』って聞いて……最初はちょっと嬉しかったのよ？　私の……す、す、す……い、許嫁《いいなずけ》は！　許嫁はこんなに凄い人なんだって、皆に認めてもらったんだ！　って、凄く誇らしかったの」

「……」

「……でも……貴方に人気が出て、告白されるって分かったら……物凄く、イヤな気分になったの。バカにするなって思ったの」

「バカにする？」

何が？

「……貴方の今の人気って、あのバスケットの大会の時のプレーを見ての人気でしょ？　そりゃ……確かにあの時の貴方は格好良かったけど！」

そう言って、お腹に回した俺の手をぎゅーっと握る。

「……貴方の良さは、それだけじゃないもん。そんな、上辺だけ見て貴方に告白するなんて……そんなの、イヤだもん」

俺の手を、痣《あざ》が付くんじゃないかというぐらい強く握る桐生。気付けば少しだけ震えるその手をゆっくりと解《ほぐ》し、俺は桐生の手を握りなおす。

「その……ごめんな？」

「……貴方が悪いわけじゃないわ」

「そうかもだけど……不安？　不満？　そう思わせたことに対して」

「……」

「……」

「……どれだけプレイボーイなセリフよ？」

「……うん。自分でもそう思った」

キザ過ぎるだろ、俺。

「……ふふふ。その……ごめんなさい。本当に貴方が悪いとは私も思ってないのよ？　でも、ちょっとどうしても止まらなかったの。感じ悪いのは百も承知してるんだけど……むかーってして。貴方がとられたらどうしようって、イライラして。私の傍から離れていって、可愛《かわい》い後輩の元にいったらどうしようって悲しくなって……つい」

「……それって」

それって、アレか？

「……嫉妬《しっと》？」

「……」

俺の言葉に、ツンっと顔を逸《そ》らして。

「……ええ、そうよ。嫉妬よ、嫉妬。ごめんなさいね、嫉妬深い女で」

「……」

頰《ほお》を真っ赤に染めて、そういう桐生がなんだか愛らしい。

「……嫉妬深い女は嫌い？」

嫉妬深い女、ね。そうだな、控えめに言って。

「……最高」

「……変態？　縛《しば》られるのが好きなの？」

「……」

「……」

「……今ここで、そんなこと言う？」

「……ごめんなさい。ちょっと恥ずかしかったのよ、私も」

　後ろから抱きしめてる体勢だから顔は見えんが……耳が赤いところを見ると、照れているのであろうことは分かる。そんな桐生に苦笑を浮かべて、俺はお腹に回した手に少しだけ力をこめる。

「……あ」

「……その、な？　マジでちょっと嬉しかったんだよ。こう、嫉妬してもらえる……もらえるって言い方変か。ともかく、それだけ大事に思ってもらえてるんだなっていうのは……こう、純粋に嬉しい」

　女の子に嫉妬させて嬉しいって、字面《じづら》だけ見たら最低なことを言っているが……でもまあ、それは俺の本心でもある。別に嫉妬させたいワケじゃないが、『告白されたの？　良かったじゃない』と言われたら、それはそれで悲しいし……なんだろう？　それだけ大事に思ってもらえてる、少なくとも手放したくないって思ってもらえてるっていうのは……まあ、嬉しいと言えば嬉しいし。

「……我儘《わがまま》な女の子は嫌いじゃない？　怒りっぽい女の子は？」

「こういう我儘は大歓迎です。こういう怒られ方も……まあ、悪い気はしない」

「……そう」

「……気持ちは分からんでもないしな。俺だって……その、なんだ。お前が告白とかされたらヤキモキすると思うし」

「……ヤキモキするの？」

「するだろ、そりゃ」

「……」

「……なんだよ？」

「ううん。その……貴方の気持ちがちょっと分かった」

「俺の気持ち？」

「うん。その、貴方が嫉妬してくれるんだ、って思ったら……その、う、嬉しい……」

「……独占欲の強い男は嫌いか？」

「……そうね。よく、小説とかもであるじゃない？　漫画やドラマでも良いのだけれど……『コイツは俺のモノだ』みたいなセリフ」

「あるな」

「私、アレ嫌いなのよね。女の子は別にモノじゃないし、アクセサリーでもない。一個の人格として扱いなさいよね！　って常々思ってたの」

「……そうだな」

「でもね、でもね？　貴方が独占したいって……『コイツは俺のモノだ』って、言ってくれるって思ったら……ちょっと胸の奥がきゅーってなった」

「……宗旨替《しゅうしが》えか？」

「いえ。やっぱり、女の子をモノ扱いする男の子は許せないわね。でも……他でもない、貴方が私の所有権を主張して、私自身がそれに納得しているのなら――貴方のモノって思えるのなら……そんなに悪い気はしないわ。我儘な話だと思うけど」

そう言って苦笑を浮かべて、コテンと俺の胸に後頭部を預ける桐生。上目遣いで照れた様に……それでも、潤んだ瞳で俺を見つめて。

「……手放しちゃ、イヤだよ？」

「……手放すかよ」

「……うん。ずっと手元に置いておいてね？」

「……ああ」

心持ち、両の手の力を強めるとそれに合わせるよう、桐生の手の力も少しだけ、強くなった。

◇◆◇

「……と、いうことで……本当に申し訳ございませんでした!!」

放課後、藤田と有森に連れられてファミレスに来た俺と桐生は、席に着くなり頭を下げる有森に目を丸くする。

「……頭上げろよ、有森」

「そうよ、有森さん。貴女《あなた》が謝ることじゃないでしょ？」

『どうしてもお詫《わ》びをさせて下さい！』という有森の言葉にのこのこついてきたものの……正直、ちょっと後悔《こうかい》中。だってほら、視線が痛いし！　『あら？　あの男女の高校生、女の子に頭下げさせてるわよ？』なんて声がちらほら聞こえるし！

「……でも、ご迷惑お掛けしたので」

そう言って頭をちょこっと上げて上目遣いでこちらをうかがう様に見やる有森。そんな有森の仕草に、ため息を吐きつつ俺は藤田に視線を向ける。

「……おい、彼氏」

「……まあ、有森の謝罪を受け入れてやってくれ」

「いや……だからな？　さっき桐生も言ったけど、別に有森のせいじゃねーだろ？」

「……まあな。試合を観に来たのは有森のツレの勝手だし……観られてきゃーきゃー言われてたのは浩之だし」

「……いや、俺も悪くなくね？」

「だな。ぶっちゃけ、誰も悪くないんじゃね？　と思ってる。これだって有森の自己満足だし」

そう言ってじとーっとした目を有森に向ける。

「……言っただろ？　絶対迷惑するって。だから、止めとけって言ったんだ」

「う……で、でも……どうしても謝りたいっていうか……」

「だからそれが自己満足なの。誰かに罰してもらって、誰かに許してもらえば気は楽になるからな。でもそれだってお前の都合だろ？　そんなお前の勝手に、浩之と桐生を巻き込むな」

そう言って冷たい視線を向ける藤田。その姿に、有森が落ち込んだ様にしゅんと肩を落とす。

ちょ、藤田！

「お、おい、藤田！　言いすぎだろ！　あ、有森？　気にしなくていいぞ？　うん、謝罪は受け入れたから！　大丈夫、気にしてないから！」

「そ、そうよ！　藤田君、そこまで言うことはないんじゃないの⁉　有森さん、貴方《あなた》の彼女でしょ！　もうちょっと甘やかしてあげなさいよね！」

流石《さすが》に言い過ぎだろう。そう思い、じとーっとした目を向ける俺と桐生の視線を受けて、藤田がため息を吐いた。

「あんな、お前ら……甘やかすだけが彼氏の役目じゃないだろ？　間違ってることは間違ってることだし、それを全て許したり、肯定してやるつもりはないの、俺は。今回は完全に有森の自己満足だろ？　それにお前らを付き合わせたんだから、反省しないと」

「いや、そりゃそうだろうけど……」

にしたって言い方があるだろうが。流石にあんな突き放す様な言い方じゃ、有森が可哀想《かわいそう》だ。

そう思って視線を向ける俺と桐生に、藤田がもう一度盛大にため息を吐いた。

「……やっぱりお前ら、良いヤツだよな。ほら、有森。許してくれるってよ」

「……その、本当にすみません。試合もですけど……こんな自分勝手に許してもらいたいが為に、お時間頂いたことも……」

「……気にすんな。な、桐生？」

「そうよ。別に私も東九条君も怒ってないわよ。だからね？　そんなに落ち込まないで？」

そう言って優しく有森の頭を撫《な》でる桐生。そんな桐生に、有森が照れくさそうな、それでいてちょっと嬉しそうな表情を浮かべてみせる。

「……でも、本当に申し訳ございませんでした」

「はい、謝罪はお終《しま》い。それより、折角《せっかく》ファミレスに来たんだもの。何か食べて帰りましょう？　良いでしょ、東九条君？」

「そりゃ構わんが……」

……ん？

「……ちょっと待て。今日の晩飯の当番、お前じゃね？」

「……なんのことかしらね？」

「……さてはお前、作るのが面倒くさくなったな？」

俺の視線から避ける様に視線をずらし、口笛を吹いてみせる桐生。誤魔化《ごまか》し方、昭和──

「ボイパ!?　まさかのボイパ!?　つうか、うまっ!!」

「ふふふ。練習したのよ。いつか披露する機会があるかと思って」

「その披露する機会、此処《ここ》で良いのか？」

なんか無茶苦茶《むちゃくちゃ》技術の無駄遣いな気がするんだけど。ごまかし方、平成か。

「……」

「……なんだよ？」

そんな俺らのやり取りを見ていた藤田の呆《あき》れた様な、それでいて何処《どこ》か微笑《ほほえ》ましい様な視線に気付く。なんだよ？

「いや……なかなか楽しそうにやってるなって思ってな」

「……そうか？」

「料理当番がどうとか、微妙に所帯じみててグッドな感じ。俺らもああなりたいもんだ」

な、雫？　と問いかける藤田に、有森が少しだけ頬《ほお》を染めてコクリと頷《うなず》いて、少しだけ羨望《せんぼう》の眼差《まなざ》しを向けてくる。こう、なんだか照れ臭《くさ》い——

「……待って」

——気が……桐生？

「……藤田君？　貴方、今……有森さんのこと、なんて呼んだの？　下の名前で呼んでなかった？」

「え？　俺、下の名前で呼んでた？」

「ええ、『雫』と、しっかりはっきり有森さんの下の名前を呼んでいたわ！」

くわっと目を見開いて藤田に詰め寄る桐生。その仕草に、少しだけ驚いた様な——つうか、ひいた様に藤田が口を開いた。

「あ、ああ。二人っきりの時は下の名前で呼んでんだよ。人前ではしず——有森が恥ずかしいって言うから」

「……」

「……き、桐生？」

「……な、何それ……」

「……は、はい？」

そう言って桐生は藤田と有森を見やり。

「……う、羨《うらや》ましいじゃない……」

……え、ええ～……

「ん？　なんだよ、浩之？　お前、桐生のこと下の名前で呼んでねーの？　許嫁《いいなずけ》なのに？」

「……悪いかよ」

「いや、別に悪くはないけど……なんで？」

な、なんで？

「なんでが、なんで？」

「いや……だってお前、賀茂のことは涼子って呼ぶだろ？　鈴木のことは智美だし、川北のことは瑞穂って呼ぶじゃん。女の子を下の名前で呼ぶの、抵抗ないタイプなのかと思ってた」

「た、確かに……東九条君、皆下の名前で呼ぶわね」

「皆じゃねーよ。藤原《ふじわら》や有森は名字呼びだろうが」

「そりゃ当たり前だろ？　なんでただの後輩やツレの彼女を名前呼びするんだよ」

うぐ……そりゃそうだけど。

「だから浩之は別に名前呼びに抵抗ないタイプだと思ってた。桐生は許嫁だろ？　いつかは桐生も……浩之が、か？　ともかく同じ名字になるんだし、名前呼びぐらいしたらいいんじゃね？」

「……夫婦別姓とかいう選択肢《せんたくし》も出来るかも知れないじゃん」

「まあ、そういう選択肢もあるかも知れないけど……でもさ？　別に別姓でも良いだろうけど、家の中で『桐生』『東九条君』って呼んでみろよ？　子供が絶対混乱するだろ？」

「……そんな先のことまで考えられねーよ」

本当に。明日の当番である晩御飯だってまだ決めてねーのに。つうか。

「……お前はそこまで考えてんの？　有森と」

「何が？」

「その……結婚、とか」

「高校生から重いって思われるかも知れんが、まあな。少なくとも遊び感覚で付き合っているつもりはない。じゃねーと厳しいことなんて言わねーよ。ただ甘やかして、甘やかされとるわ」

「……すげーな、お前」

「そうか？　俺から言わせたら婚約者がいるお前の方がよっぽど凄《すご》いと思うけど？」

……確かに。そう言われればそうかも知れん。

「ま、別に急《せ》かすつもりはないけどさ？　でもちょっと桐生も名前呼びしてやれよ」

「……なんでだよ。別に良いじゃねーか」

現状、名字呼びで困ってないんだし。別に――

「……だってお前」

そう言って藤田が親指で桐生を指差して。

「あんな期待の籠《こ》もった目、してるんだぞ？　呼んでやれよ、名前ぐらい」

……そこには目をキラキラさせてこちらを見やる桐生の姿があった。

◇◆◇

有森の詫びという名のファミレス食事会を終えた俺と桐生は電車に乗って最寄り駅へ。そのまま、家までの道のりを急ぐ。ちなみに『今日は私が奢《おご》ります！』という有森の申し出は丁重に断った。だってねえ？　流石に有森に奢ってもらうのもおかしいし……なんとなく、後輩の女の子に奢ってもらうのは格好悪い気もするし。

「……美味《おい》しいわね、ファミレスも」

「まあな。奢りだったら特に」

……まあ、藤田に奢ってもらったが。不意な振りでも『仕方ねぇな。こいつの不始末だし』って奢ってくれる藤田、マジイケメン。まあ、有森のポイントアップも果たしたようだし、藤田的にも収穫はあったのだろうが。

「もう……でも、予想以上に美味しかったわ」

「ファミレス、行ったことないの？」

「あるわよ。前に川北さんの勉強会で行ったじゃない」

「……ああ」

あったな、そんなことも。

「まあ、あの時はドリンクバーだけだったから、そういう意味ではファミレスの料理は『デビュー』ね。普通のレストランは流石に行ったことがあるけど」

「普通のレストランの方が旨《うま》いんじゃね？」

「味に関してはそうかも知れないけど……でも、やっぱりコストを考えるとね。あの値段であのクオリティーの料理が出るなら、充分だと思うわよ？」

「なるほど。コスパ考えれば良いのか？」

個人的にはファミレスって、店にもよるけど高いイメージはあるが。ファストフードとかうどん店と比べれば、だが。

「それに……やっぱり良いじゃない？　こう……ち、知人と一緒にご飯を食べに行くって」

「……」

……不憫《ふびん》な。友達いなかったもんな、お前。未だに友達って言えてねーし。

「……また行くか？　ファミレスぐらいで良かったら、たまに食べに行ってもいいんじゃね？」

桐生曰《いわ》く、コスパも良いらしいし。まあ、流石に毎日はしんどいが、たまにはいいんじゃね？

「……二人で？」

「あー……二人じゃない方が良いか？」

「……そうね。東九条君と二人で行くのは知人とご飯を食べに行ってる気はしないわね」

「……そうかい」

まあ、確かに。

「でも……それはそれとして、二人でも行きたいわ」

だって、デートっぽいじゃない、と。

「……デートがファミレスってどうよ？」

「私たちのデートなんてそんなもんでしょ？　図書館デートとか、お散歩デートとか」

「あれ、荷物持ちとマッピングな気もせんでもないが」

「まあ、そういえばそうだけど……でもね？」

きょろきょろと左右を見回して、周りに人がいないことを確認して。

「——貴方《あなた》と一緒なら、なんでも嬉しいわよ」

つま先立ちになって、俺の耳元に唇を寄せてそう囁《ささや》く桐生。

「……さよけ」

「うん。だから、別に面白い場所とか、高価な食事とかじゃなくて良いわ。一緒にいてくれたら、それで満足だもの」

楽しそうにそう言って笑う桐生の頬が少しだけ赤い。まあ、心配するな。俺も負けずにあけーから。

「……それで？　どうするの？」

「どうするって……何を？」

「だ、だから……そ、その……さ、さっき有森さんと藤田君と話したでしょ？　そ、その……な、名前を……」

もじもじと言い淀《よど》みながら、チラチラとこっちを見やる桐生。少しだけ照れた様に頬を染めてそんな仕草を見せる桐生は。

「……くそ可愛《かわい》いかよ」

「え？」

「……と、ともかく！　そ、その……」

「ちょっと気になるけど……まあ、いいや。ハイ」

「なんでもない」

ちょっとヤバいぐらいに可愛いです、ハイ。

「な、なんでもないって……ちょっと気になるけど……と、ともかく！　そ、その……」

名前を、呼んで、と。

潤んだ瞳でこちらを見やりそう言う桐生。その姿に、俺も微笑《ほほえ》みを返して。

「……やだ」

「なんでよ！」

先ほどまでのモジモジは何処《どこ》に行ったのか、うがーっと声を荒げて俺に突っかかる桐生。お、落ち着け！

「だ、だってお前、今更お前の名前、呼べるか!?」

「なんでよ！　賀茂さんや鈴木さん、川北さんは呼んでるじゃない！　そう考えたらなんかイライラしてきたんだけど！　なんで許嫁の私が名字呼びで、鈴木さんとか賀茂さんが名前呼びなのよ！　おかしくない!?」

「お、おかしくないだろ、別に！　涼子とか智美は幼馴染《おさななじみ》だし！　ずっと名前で呼んでたから、今更名字呼びした方がおかしいだろうが！」

本当に。小学校、中学校、高校とずっと名前で呼び続けてるし、今更あいつら名字で呼んだら、すわ、何事か、って事態になるぞ。

「……ま、まあ確かに……ちょっとした事件になりそうね、それ。学校を巻き込んだ」

「そこまではどうだろうか……でもまあ、ツレ周りは皆驚くと思う」

そしてそれは桐生に関しても言えることだ。

「今までずっと桐生、桐生って呼んでたお前のことを、いきなり名前で呼んでみろ？　それだって充分話題になるだろうが」

恋愛事大好きだしな、高校生。絶対に勘繰《かんぐ》られるのは……まあ、具体的には『桐生さんと東九条君って付き合ってるの？』という噂《うわさ》になるのは間違いがない気がする。残念ながら俺は別に陽気なキャラってわけでもないしな。ちょっと仲良くなったらすぐに下の名前で女の子呼ぶようなリア充じゃないし。

「前も話したけど、俺らの今の関係って特殊だろ？」

「……まあね」

「どこからどう伝わるか分かんねーんだ。許嫁や同棲《どうせい》の話がバレたら、面倒じゃないか？」

「……」

「……え？　違う？」

「……違わないけど……結構、今更な気はするわね」

「……まあ」

学校でもそこそこ仲良くしてるしな。バスケの試合の時は衆人《しゅうじん》の前で頭撫《な》でたりしてるけど。

「……ともかく、そういう理由であんまり名前呼びはしたくない……かも」

「……」

「……」

「……分かった」

「……分かってくれたか」

「じゃ、じゃあさ？　二人きりの時はどう？　二人きりの時なら、名前呼びでも良いんじゃない？」

「ふ、二人きりの時だ？」

「そ、そう！　それなら問題ないでしょ？　だって貴方の話だったら、周りにバレたら面倒だって話なら……ま、周りにバレない時なら良いじゃない」

「……」

いや、まあ一理あるが……

「……は、恥ずかしくないか？」

「は、恥ずかしいわよ？　恥ずかしいけど……」

もっと、仲良くなりたいし、と。

「……名前呼びだけが全てじゃないってのは分かるの。分かるけど……でも、やっぱり羨《うらや》ましいのよ」

「……」

「賀茂さんや鈴木さん、川北さんは名前で呼んでいるのに、私だけ名字呼びっていうのは……ちょっと、悲しいもん。差を見せつけられてるみたいで……あんまり、嬉しくないわ」

「……そんなつもりはないぞ？」

「……うん、分かってる。分かってるけど……これは私の気持ちの問題なの」

そう言って心持ちしょぼんとする桐生の姿に、胸にクルものがある。あー……まあ、その気持ちは……分からんでもない、か。

「……ふ、二人の時だけだから。だから……」

——『彩音《あやね》』って、呼んで？　と。


「——……あー……ふ、二人の時な？　二人の時なら、まあ……」

「う、うん！　そ、それで良いから！」

「……その、情けないこと言うようだけど、流石《さすが》にちょっと恥ずかしいから……そ、外では言わないぞ？」

「そ、それで良いわ！　わ、私も恥ずかしいから……」

「い、家！」

「え？」

「と、とりあえず家の中だけにしよう！」

「そ、そうね！　それが良いわ！」

二人して若干《じゃっかん》あわあわしながらそう言った後——不意に、どちらからともなく笑いあう。

「……何テンパってんだろうな、俺ら」

「……本当に。もうちょっとスマートにいきたかったのに」

「……悪かったな」

「……ううん、私も格好悪かったから」

そう言って苦笑を浮かべた後、桐生が楽しそうに俺の隣に並んで歩く。

「……それじゃ、早く家に帰りましょ？　名前、呼んでくれるんでしょ？」

「……そんなに楽しみか？」

「当たり前じゃない。貴方に名前で呼んでもらえるのよ？　楽しみだし……嬉しいに決まってるわよ」

まるでクリスマスプレゼントを開ける前の子供の様に楽しそうに笑う桐生に、肩を竦《すく》めてみせる。

「……んじゃ早めに家に帰るか。それで？　お前はどうするんだ？」

「私？」

「俺だけ呼ぶのは不公平だろ？　お前も俺の名前、呼んでくれるんだよな？」

「……」

「え？　違うの？」

「ううん、違わない。違わないけど……どう、呼ぼうかと」

「どう？　え？　何が？」

「だって……賀茂さんは『浩之ちゃん』でしょ？　鈴木さんは『ヒロユキ』だし、川北さんは『浩之先輩』じゃない？」

「……まあ」

「……折角《せっかく》貴方の名前を呼ぶなら、他の誰かと一緒はイヤだし」

「……そうなの？」

「……だ、だって私は『許嫁《いいなずけ》』よ！　貴方のその、お、お嫁さんになる女の子なのよ！　だ、だったら、その……こう、皆とは違った呼び方っていうか……と、特別な呼び方の方が、その……」

そんなことをブツブツ言いながら、中空を見つめてうんうん唸《うな》る桐生。そんな姿に苦笑を浮かべながら、俺はマンションまで続く道を歩きながら。

「……あれ？」

マンションの前に一台のトラックが停まっていた。トラックの荷台にはこの辺りでは見慣れたマークが書いてある。

「……引っ越し業者？」

引っ越し業者だ。珍しい……とまでは言わないが、そういえば俺らが住んでからは初めて見るな。

「桐生」

「……やっぱり此処《ここ》は皆と差が付くような……それでいて知的に聞こえるのが良いかしら？

でも……」

「おい、桐生」

「……やっぱり……え？　な、何？」

「引っ越し業者。珍しくないか？」

「……え？　ああ、引っ越し？　でもまあ、珍しいと言うほどではないんじゃない？　此処、人気だし」

「……まあ、そうか」

そうは言っても高級住宅街だしな。

「……挨拶《あいさつ》しておく？」

「……そうね。どこかで逢《あ》うこともあるかも知れないし。もしいらっしゃったら挨拶ぐらいはしておきましょうか」

そこまで近所付き合いを重視しているわけじゃないが、流石に素通りは愛想もないしな。そう思い、俺はエントランスに向けて歩みを進める。と、トラックの陰に隠れていた和服姿の女性の後ろ姿が見えた。珍しいな、和服って。

「あの……すみません、このマンションに引っ越しですか？　俺らもこのマンションに住んでるんで、ご挨拶でもと思いまして……あ、最上階の東九条です」

そう言ってペコリと頭を下げる。時間にして数秒、俺の頭上から声が聞こえてきた。

「最上階、ですか？　奇遇ですね。私も最上階なんです。このマンションの最上階は二部屋し

かないと聞いておりますので……お隣さん、というヤツですね」

その言葉に少しだけ驚く。逢うことはねーだろう、と思っていたが、流石にお隣さんならもうちょっとちゃんと挨拶をしなくちゃいけないだろう。そう思い、俺は顔を上げて。

「…………は？」

「……冗談ですよ、浩之さん？　勿論《もちろん》、お隣が浩之さんと桐生彩音様のお家と理解してましたから。ふふふ！　なんですか、そのハトが豆鉄砲を食らった様なお顔は」

目の前にいたのは、前髪を切り揃えた綺麗《きれい》な美少女だった。腰まで届く黒髪に、黒目。和服が良く似合うその少女は。

「なかなか京都に遊びに来て下さらないので、『しびれ』が切れました。これからはお隣さんになるのですし、仲良くして下さいね？」

――ねえ、浩之さん？　と。

「……明美《あけみ》？」

東九条本家の一人娘にして、俺の又従姉妹《またいとこ》である東九条明美が、まるで悪戯《いたずら》っ子の様な笑顔を浮かべてそこに立っていた。

第六章　別に、君じゃなくて良いならば

「ありがとうございます、彩音《あやね》様。ああ、彩音様もお久しぶりですね。息災《そくさい》でしたか？　お逢いしたのは……確か、昨年の」

「ええ、明美《あけみ》様。昨年のクリスマスパーティーですね。お久しぶりです」

お嬢様然としてオホホと笑う桐生《きりゅう》と……又従姉妹である明美。一見、和《なご》やかな対談だが、明美の視線が物凄《ものすご》く冷たいから、さっきから震えが止まらないんだが。

「まあ……お久しぶりといえば浩之《ひろゆき》さんもお久しぶりですが？　むしろ、彩音様よりお久しぶりではないですか？　それほど、京都はお嫌いで？」

「……悪かったよ」

ソファにもたれ掛かったまま手を振ってみせる。余裕そう？　いいえ、怖すぎて足が震えてるから座っているだけです。

「……んで？　なんの用だよ？」

「なんの用、とは？」

「……粗茶ですが」

「惚《とぼ》けんな。引っ越しってなんだよ、引っ越しって。お前、学校はどうするつもりだ？」

明美の実家は前々から言っている通り、京都にあるし、当然学校だって京都の某《ぼう》お嬢様女子高に通ってる。って……まさか。

「……転校とかするつもりじゃねーだろうな？」

「今年、生徒会の執行部に入っていますから。流石に私の都合だけで今の学校業務を放り出すわけにはいきませんので……高校は今まで通りです」

「……どうするんだよ、それ」

まさか此処から通うってワケじゃねーよな？　何時間掛かると思ってんだよ。

「平日は今まで通り、京都の実家から通います。土日だけ、こちらの家に住もうかと」

「……なんつう無駄な」

これだから金持ちは。だってお前、交通費だって馬鹿になんねーぞ、それ。そんなことする意味、あんの？

「……誰のせいだと思っているのですか、浩之さん？」

「……誰のせいだよ？」

胡乱《うろん》な目を向ける俺に、ため息をひとつ。

「桐生彩音様と『許嫁』になったとお聞きしましたが？」

……あー……バレた？

「……ウチの親父《おやじ》、コンクリートのブーツ履《は》いて鴨川《かもがわ》にダイブさせられちゃう？」

「維新《いしん》の前までならその可能性はありましたね。流石に、現代日本ではそこまでしませんが」

一息。

「——お父様、大層お怒りです」

「……」

……やっぱり。

「無論、分家の決定全てに異を唱える、などという時代錯誤《じだいさくご》なことをするつもりはありません。ありませんがしかし、婚姻とはどう言い繕《つくろ》っても『家』と『家』の事柄です。特に我が家はある程度格式のある家です。婚姻の相手は良く選ぶべきですし……ある程度、本家の意向も斟酌《しんしゃく》してほしい、という意見も分からないではないでしょう、浩之さん？」

「……まあ」

『恋人は選べるが、その親までは選べない』とはよく聞く言葉だし。なんだかんだで、相手の家とのお付き合いは大事だしな。

「……それはまあ、悪かった」

「……浩之さんのせいではない、とは茜《あかね》さんにも聞いております。実際、先ほどおじ様にお逢いした際に事情は全てお聞きしましたので」

「……一応、もう一回聞くけど……コンクリブーツ鴨川大水泳大会は」

「開催されませんので、ご安心を」

そう言ってお茶を一啜《ひとすす》り。

「……本来であれば、おじ様を京都の本家に召喚して事情説明を行ってもらう予定でしたが……なんといってもおじ様ですので。召喚に応じるとは思えません」

「……なんかごめん」

頑《かたく》なに京都に帰りたがらないからな、親父。どんだけ本家嫌いなんだよ。

「かと言ってお父様がこちらに来るのも頂けない話です」

「忙しいのか、本家？」

「いいえ。本家の当主が忙《せわ》しなく動かなくてはいけない事態になれば東九条《ひがしくじょう》の家は終わりです。そうではなく、世間体《せけんてい》の問題です。分家の不始末の事情を本家の当主が出張って聞きました、なんて本家の格を落としますので」

「……」

……たぶん、親父もこういうところがイヤだったんだろうな～って思う。自由人だし、親父。

「なので、私が『名代』としてこちらに来ました。事情をお聞きし、然《しか》るべき判断を付けなさいとお父様から全権を委任《いにん》された……そうですね、お目付け役とでも思って頂ければ」

「お目付け役って」

大袈裟《おおげさ》だな、おい。

「言い得て妙ではありますが。私には今回の『許嫁』の全権を委任されています」

そう言って、一息。

「――場合によっては白紙撤回まで視野に入れておりますので、悪《あ》しからず」

「っ!!」

桐生が息を呑《の》んだのが分かった。そんな桐生をチラリと見た後、優雅にお茶を飲む明美に。

「……白紙撤回って。そんなの、お前に決める権利があんのかよ?」

なんだろう? なんだか、無性に腹が立った。

「ありますよ。全権を委任されておりますので」

「……言い方を変える。本家に、そんな権限があるのか?」

「ありますよ」

「ありますって……んなもん、あるわけ――」


「――そういう家系なのですよ、浩之さん、ウチは。浩之さんは興味がなかったようですが」


「――っ」

「……今の私は東九条本家当主、東九条輝久《てるひさ》の名代です。東九条本家は分家に対して庇護《ひご》をする義務があります。そして、分家はその庇護を受ける代わりに本家に対して報告を行う義務があります。おじ様はまあ、東九条がお嫌いでしょうが……でもね、浩之さん? おじ様だって『東九条』の名で得をしたことだってあるはずなんですよ?」

そう言って桐生を見やる明美。

「実際、彩音様のお父様だっておじ様が『東九条』でなければ融資を決定したでしょうか？　何処《どこ》の有象無象《うぞうむぞう》か分からない、そんな家に融資を決定したでしょうか？」

「そ、それは……」

「そこに『東九条』というバイアスがかかったのは事実でしょう。実際、東九条の家は分家に対する庇護は手厚いですし。お父様だって、おじ様が失敗したら助けるつもりもあったはずです。それぐらいの余力は本家にもありますから」

「……」

「本家の庇護にありながら、その特権だけを享受《きょうじゅ》するのは如何《いかが》なものでしょう？　別に、箸《はし》の上げ下げまで指導するつもりはありませんが、『東九条』という看板を利用するだけ利用して、後は好き勝手にさせてくれ、というのでは道理が通らないと思いませんか？」

「……まあ」

正論ではある。

「それも踏まえて、こちらに引っ越しをさせてもらいました。流石《さすが》に今回の事象は大きな失点ですしね。現状の東九条分家次期当主である浩之さんの素行調査も兼ねるのと……後はまあ、役得ですかね」

「役得？」

「こちらの話です。さて、それを踏まえた上で現状での私を見解を申し上げます」

そう言って明美はにっこりと笑い。

「──私はこの許嫁《いいなずけ》に関して、『反対』です」

「……反対、ですか」

明美の言葉にしばし茫然《ぼうぜん》としていた俺らだが、いち早く立ち直ったのは桐生だった。

「ええ、反対です」

「……理由をお聞かせ願えませんか、明美様。これは東九条君のお父様と私の父が決めた縁談です。無論、東九条御本家の御意向もあるかとは存じますが、それだけでは納得はいきません。実際、こうやって一緒に暮らしているわけですし」

「……妬《ねた》ましいですね」

「え?」

「いえ、なんでも。それより、理由でしたね? いくつか理由はありますが……一番大きな理由は」

──貴女《あなた》が、『桐生家の人間』だからです、と。

「……所詮《しょせん》、成り上がり者の成金《なりきん》に東九条の血は勿体《もったい》ないと仰《おっしゃ》いますか?」

悔《くや》しそうに唇を噛《か》む桐生。胸を打つその姿に、思わず俺は声を上げた。

「おい、明美! お前な? 家の格がどうの──」

「違います」

「──このの……って、え？」

……違うの？

「当たり前です。まあ、言い方は悪いですが……確かに彩音様のご実家を『成り上がり者』、『成金』と卑下《ひげ》する向きが社交界にあるのは認めます。認めますが、別にそれを以《もっ》て反対するつもりは全くございません」

「……そうなの？」

「当然でしょう。成金、成り上がりといいますが……それでも、名の通ったパーティーに呼ばれるまでに家の『格』を上げるのがどれほど大変なことか分かりますか？　彩音様のお父様の一代で、です」

「……とんでもないと思う」

「そうです。間違いなく、彩音様のお父様は有能な方だとそう思います。別に我が家を卑下するわけではありませんが、彩音様のお父様と私の父、どちらが才覚があるかと申せば……おそらく、彩音様のお父様の方が才覚はあるでしょう。まあ、何を以て才能というかにもよりますが、少なくとも、経営者としての能力は段違いですね。一代で財を為《な》す、というのはそれだけで賞賛に値することなのですよ？　そもそも、浩之さんのお母様は所謂《いわゆる》『名の通った』家の御出身ですか？」

「……サラリーマンの娘だな」

「そういうことです。自由恋愛には寛容なのですよ、我が一族は。なので彩音様？　貴女は自分を卑下する必要は全くありません。私たちの様な家名だけの人間など笑い飛ばせば宜《よろ》しいのですよ」

そう言って笑う明美。

「その……あ、ありがとうございます」

「お礼を言われることではありません。事実を述べたまでです。それに……我が家は藤原北家《ふじわらほっけ》に連なる一門ではありますが、それだって元をただせば千四百年ほど前のご先祖様がクーデターの功績で与えられた地位でしかありませんし。千四百年前なら充分、成り上がりですよ」

「……スケールがデカいな、おい」

マジで。なんだよ、千四百年前って。

「……でしたら、なぜでしょう？　我が家が成り上がりではないとするのなら、なぜ私が許嫁ではダメなのですか？」

「貴女の問題ではありません。これは東九条の……というか、浩之さんの問題ですね」

「は？」

俺？

「先ほども申した通り、桐生の家は優秀な現当主の影響が強い。浩之さんと彩音様の婚姻は、そこに浩之さんが婿に行くということですよ？」

そう言って俺をじとっとした目で見つめ。

「──現当主並みのお仕事、出来るんですか、浩之さん？」

「……」

……無理だと思います、ハイ。

「そ、それは私がやります！　私なら、父の仕事も理解出来ます！」

「まさか貴女、臨月《りんげつ》の間も仕事をこなすおつもりですか？　多胎児《たたいじ》だった場合、下手《へた》をすれば半月は入院ですよ？　東九条から婿を取るということは……そういうことでしょう？」

「そ、それは……」

「出産間際で緊急の案件が舞い込んだ際、決裁の権限はどなたに付与なされるおつもりですか？　そうじゃなくても、風邪《かぜ》を引いたり事故にあったり……何かあった時に、貴女の代役をどなたがするのですか？　失礼を承知で敢《あ》えて言えば、桐生の御家業の性質上、オーナーである貴女のお父様の御意向は強いでしょう？」

「……はい」

「ならば、彩音様がオーナーになられた際、オーナーの配偶者《はいぐうしゃ》である浩之さんにも一定の決定権が……違いますね。決定権を『持っている』と誤解されるかも知れません。重要な議題を浩之さんが決められるとは……まあ、到底思えませんせんね」

「おい！」

「出来るんですか？　びっくりです」

「……出来ません」

出来ないけどさ。そんな目を丸くして驚くことなくない？　俺の評価、どんなだよ？

「でしょう？　無論、此処《ここ》から浩之さんが『目覚める』可能性もなくはありません。なくはありませんが……そのような蓋然性《がいぜんせい》に頼るのは如何《いかが》なものか、と思います」

「……ウチの親父《おやじ》、会社やってるけど？」

「自身で起業し、自身で潰すのは構いません。どうせ旧華族の猿真似《さるまね》と笑われてお終《しま》いですから。そもそも、維新《いしん》の後で事業を起こして失敗した華族や士族がどれほどいると思うのですか。伝統芸ですよ、事業の失敗は」

そう言ってもう一口お茶を啜《すす》る。

「……ですが、仮にも一代で財を築き社交界に呼ばれる様になった桐生のお家の事業を、婿で入った東九条の出身者が潰した、となるとこれは流石に外聞が悪すぎます。それも、分家でも家格の高い浩之さんだったら猶更《なおさら》でしょう。味方ばかりじゃありませんので、我が家とて。敵にとっては充分、スキャンダラスな話題です。そしてそれは、東九条としては迷惑な話です。到底とれるリスクではありません」

「……家格高いの、ウチ？」

親父は有力分家に全部取られたって言ってたけど……

「おじ様……はあ」

疲れた様に額に手を当てて首を振る明美。なんかすまん。

「……おじ様は父の従兄弟《いとこ》ですよ？　父は一人息子ですし、私は一人娘です。父なき後は私が東九条本家を継ぎますが、私がもし若くして、しかも子供が亡くなった場合、相続権はおじ様にあります」

「……そうなの？」

「法律上の手続きは別途いりますが、血の濃さ、つまり『家』としてのルールとしてはそうなります。その為におじ様には本家の方に帰ってきて頂きたい、というのが父の願いですし」

「……マジかよ」

「……関係のない話でしたね。話を戻します。浩之さんに……少なくとも現時点では経営者としての才覚は認められません。そんな人間を東九条の代表として他家の重要な人物の婿として出すのは抵抗があります。これが何代も続いた老舗《しにせ》企業で、システムとして経営が構築されている企業の跡取り娘なら話は別ですが……ご気分を悪くなされないで下さいね？　ワンマン経営でしょう？」

「……仰る通りです」

「無論、ワンマン経営が悪いとは言っていませんよ？　組織が大きくなる過渡期《かとき》ではワンマンの経営者のトップダウンの意思決定のスピードが重要になりますから。次代が飛躍の時か、守《しゅ》成《せい》の時かは分かりかねますが……どちらにせよ、ワンマン経営の家に浩之さんでは、少しばかり浩之さんの荷が重いと思います」

「……」

確かに。今すぐではないにしろ、数年後に『そう』なったらどうすれば良いか、今の俺では想像も付かないし。

「許嫁として結婚まで視野に入れる、とはそういうことです。その為の教育に関して……これはおじ様の責でしょうが、そういう教育を受けてない浩之さんには少し難しいでしょうね。桐生の跡取りとの結婚は」

そう言って明美は視線を桐生に向ける。

「……しかしながら、桐生家との『ご縁』自体は私も欲しい、とは思っています。桐生家の才覚に、我が家の社交界での地位が兼ね備えられれば、相互補完の関係が築けると思いますし」

そう言ってにっこり笑い。

「なので……どうでしょう？　我が家の分家の中から才覚のあるものを見繕《みつくろ》いますので、そのものと改めて許嫁を結ばれるのは。お互いにとっていい話だと思いますが？」

とんでもないことを言いだした。

「ちょ、明美！　何言ってんだよ、お前!!」

「？　何かおかしなことを言っていますか、私？」

「おかしなって……おかしいだろうが！」

今日まで俺の許嫁、明日から別のヤツの許嫁って……

「それじゃ桐生の意思は何処《どこ》にあるんだよ！」

「おかしなことを仰っているのは浩之さんでは？　元々、これは彩音様の意思のない許嫁関係でしょう？　いわば政略結婚、その相手が変わるだけのお話ではないですか？」

「それは……そ、そうかも知れないけど！」

「お伺《うかが》いしたところによると、桐生家が欲しいのは『家柄』なのでしょう？　ならば、別に『浩之さん』である意味はないはずです。でしたら、東九条からもっと優秀な分家の人間を見繕います。彩音様はお綺麗《きれい》ですし、女性として魅力的だと感じています。我が分家の男どもはこぞって手を上げますよ？　能力的にも、性格的にも、見目まで麗《うるわ》しい人間を彩音様の婚約者候補として推挙《すいきょ》します。正直、浩之さんより素敵だと思いますよ？　彩音様本人にとっても……『桐生家』にとっても良縁かと」

「……」

「……纏《まと》めます。東九条としては、桐生家とのご縁はあれば嬉しい。ですが、そのご縁の相手が浩之さんだというのは双方にとってリスクが高い。ならば、分家の然《しか》るべき人間を推挙しますので、そちらと改めて許嫁関係を結んで頂けませんか、と……まあ、こういう話です」

　そう言って、明美はにっこりと笑い。

「分家の不始末です。対価はお支払いしますので……『東九条』で良いなら」

『浩之さん』は返して下さい、と。

「——問題はありませんよね、彩音様？　だって、『誰でも』良いんでしょう？」

エピローグ

どちらかと言えば、いつもニコニコと笑っている明美《あけみ》。だが、この笑い方は……まあ、長い付き合いだ。大体分かる。

「……明美」

「はい？」

「……お前……なんか怒ってる？」

隣で少しだけ怯《おび》えた様な顔をする桐生《きりゅう》に視線をチラリと向けた後、明美はにっこりと微笑《ほほえ》んで。

「無論、怒ってますよ？」

「……」

「先ほどはああ言いましたが、正直おじ様は渡月橋《とげつきょう》から桂川《かつらがわ》に突き落としたい気分です。無論、水位の低い時に」

「……」

「……まあ、それは冗談ですが」

「……冗談じゃないだろ」

「冗談です。ともかく……正直、あまり気分は良くありません。正直、最悪といって良いでしょう。無論、浩之《ひろゆき》さん。貴方《あなた》にも怒ってますよ？」

「俺？」

「ええ」

そう言ってじとっとした目を向ける明美。

「――結婚の約束していたじゃないですか、私と」

「え!?」

明美の発言に驚いた様に顔を上げて視線をこちらに向ける桐生。いや、結婚の約束って。

「……保育園の時の話だろうが、それ」

まあ、確かに……『ひろゆきさん、わたしとけっこんして下さい！』とは言われたし、頷《うなず》いた記憶はあるよ。あるけどさ！

「いつ、は関係ありません。まあ、その時から涼子《りょうこ》さんや智美《ともみ》さんともご結婚の約束をしていたとお聞きしていますが……」

「……だから保育園の時の話だろうが」

本当に。子供同士の話だろ、それ。

「……ですが、いつか浩之さんが私をお嫁さんにして下さると信じて、私は自分磨《みが》きに精を出したのですよ？　ほら」

そう言って立ち上がって着物姿でくるりと一周してみせる。何？

「……どうした、急に？　嬉しいの？」

小躍りしたの？

「なんで嬉しいと一周回るんですか。そうではなく……この着物、似合ってませんか？」

「……まあ」

元々顔立ちは良いヤツだし、和装も似合うのは似合う。つうかこいつ、私服も和服多いしな。

「浩之さんが『大和撫子《やまとなでしこ》が好き』と仰《おつしや》るので、着物の着付けも完璧《かんぺき》ですよ？　家事も一通り出来ますし、料理の腕も磨きました。それは全部、浩之さんの為ですよ？　無論、それだけではありません。私と結婚するとメリットもあります」

メリットって……

「……なんなの？　お前、俺と結婚したいの？」

そんな俺の言葉に、首を傾《かし》げて。

「当たり前でしょ？　私は浩之さんと結婚したいです」

「そうか。俺と結婚したいのか。それ――」

……。

……。

「…………。

「……──マジ？」

「……なんですか、それは。信用出来ないと？」

「いや、信用出来ないって言うか……」

まあ、正直又従姉妹《またいとこ》にしては仲は良かったと思うし、茜《あかね》から聞いた話では明美のお父さんは俺を明美と結婚させたい節がありそうなのは分かってはいたが……

「……お前、俺に無茶苦茶《むちゃくちゃ》厳しかったじゃん」

『東九条《ひがしくじょう》の人間としてしっかりしなければなりません』とか『東九条の人間なのですよ？　もう少し、勉強して下さい』とか……怒られた記憶しかないんだが。さっきだって『浩之さんに桐生家の事業を継ぐなんてむり、ぷぎゃー』って言われたし。そう思い、胡乱《うろん》な目を向ける俺に、明美は気まずそうに視線を逸《そ》らす。

「……厳しくはしましたが……べ、別に怒っていたわけではありません。浩之さんに、こう……自覚をですね？」

「……まあ、それは分からんでもないが」

怒られてはいたが、別段イヤな感じはしなかったし。なんというか……母親に怒られてる感じが近い。心配、というか。

「……分かって頂ければ幸いです。まあ……確かに、照れ隠しで素直になれなかったのは私のせいです。ですので、改めて此処《ここ》で言わせて下さい」

そう言って、潤んだ瞳でこちらを見つめて。

「——お慕《した》いしています、浩之さん。狂おしいほどに、貴方が好きです」

「……」

「私は色々と頑張ってきました。それは全て浩之さんに気に入ってもらう為です。なのに……それを横から掻《か》っ攫《さら》われたら、いい気分はしません。ああ、彩音《あやね》様、失礼しました。別に彩音様を責めているわけではないですので」

「いえ……」

少しだけ困惑気味の表情を浮かべる桐生。そんな桐生を一瞥《いちべつ》し、明美は俺に視線を向ける。

「だから浩之さん」

私と結婚して下さい、と。

「私と一緒に、東九条の家を盛り立てていきませんか？　というか、いきましょう。それが浩之さんにとってベストです」

「……いきなり過ぎだろう、おい」

「許嫁《いいなずけ》なんて出てきたらなりふり構っていられません。それに浩之さんだって、桐生家の事業を手伝う自信はないのでしょう？」

「それは……まあ」

いや、桐生。そんな絶望に染まった顔をしないで。自信はないけど、やらないとは言ってないから！　頑張るから！

「……それに桐生の家の事業はともかく……俺、そういう……なんて言うの？　社長業？　そういう教育は受けてないぞ？」

　桐生家の事業もだが、東九条の家業も継げる気はせんのだが。

「大丈夫です」

「何が？」

「これから、私と結婚した場合のメリットを提示します。プレゼン、ですね」

　そう言って明美は指を二本立てる。いや、プレゼンって。

「東九条の大きな仕事は二つです。一つは名義貸し、一つは資産運用です」

「……名義貸しと資産運用だ？」

「はい。何かの団体を設立したり、或いは団体の代表が替わった際に東九条の当主として名義を貸すのが大きな仕事です。『名誉総裁《そうさい》』とか『名誉会長』とか、聞いたことありませんか？」

「……あるな」

「無論、開会や閉会、或いはパーティーなどに出席することはありますが……言ってはなんですが、別段責任が発生する仕事ではありません。それで、お給金が出ます」

「……ボロい商売だな、おい」

「本当に。最低限、礼節さえ弁《わきま》えていれば高校生でも出来ますよ？」

「……マジか」

「と言っても名前だけですが。ある程度、利用価値があるのですよ、『東九条』の名は」

「資産運用ってのは？」

「そもそも京都と大阪、それに東京に所領を有してましたので。接収《せっしゅう》もありましたが、維新《いしん》当時の当主は自身に経営の才覚がないことを分かっていたので、有望な人間に投資をしたり、土地を貸したりしていたのですよ。その投資した会社が大きくなって上場して配当が出たり、土地の上にホテルが建って賃料が入ったりしてますので……それが百年続けばまあ、一財産になります」

「……それを運用してるってことか？」

運用なんて出来ないんですけど、俺。

「運用は全て海外のＰＢ、プライベートバンクに任せています。日本円でも保有はしておりますが……日本の場合、銀行や証券、信託や不動産ではややこしい規制が色々あり、いちいち管理が出来ないので。煩《わずら》わしいので預けっぱなしです」

「……」

「こちらの基本的な仕事は上がってきた収支報告書に目を通すぐらいですね。それだって素人《しろうと》が口出ししても碌《ろく》なことにはならないのでＰＢに任せっぱなしですし」

「……暇じゃん」

「暇です。正直、こちらは小学生でも出来ます」

「……」

「なので、私と結婚すれば随分《ずいぶん》と楽が出来ます。本家の大きさ、ご存じでしょう？　あくせく働くことなく、あの家でのんびり暮らしましょうよ、浩之さん。難しいことなんてなんにもありません。ああ、強《し》いて言うなら子供は必要ですが」

そう言ってにっこり笑い。

「私、綺麗《きれい》になったと思いませんか？」

「……まあ」

「これ全部、浩之さんの為ですよ？　浩之さんに気に入ってもらいたい、浩之さんの好みの女の子になりたい……その一心で磨き上げたのです。だから」

私は全部、浩之さんのモノですよ、と。

「だ、ダメ――！」

思わず見とれる様な妖艶《ようえん》な微笑《ほほえ》みを見せる明美に、桐生の声が割って入る。

「何がダメなのですか、彩音様」

「だ、だって！　ひ、東九条君は……わ、私の許嫁よ！」

「いいえ、違います。私が認めませんから」

「そんなの――」

「それに……彩音様？　私は貴女にも少しだけ、怒っています」

「――って……え？　わ、私にですか？」

「ええ。ああ、無論、浩之さんの許嫁になったことではありません」

「え、ええっと」

「先ほどから聞いておりましたら……彩音様は浩之さんが許嫁のままが良いと、そのように聞こえますが」

「え、えっと……そ、それは……」

頬《ほお》を真っ赤に染めてこちらをチラチラと見た後、コクンと頷《うなず》いてみせる。そんな桐生を一瞥して首を傾《かし》げて。

「──なぜ？」

「え？　な、なぜ？」

「そもそも、望まぬ許嫁だったのではないのですか？　ならば、別に浩之さんじゃなくても良いですよね？」

「そ、それは……」

「桐生家が求めるのは『東九条』……だけではないかも知れませんが、『名家の血』でしょう？　ならば浩之さんじゃなくても良いのではないですか？」

「……」

「……まあ、一緒に暮らして数か月、ですか？　その間に情が湧いたというなら話も分かりますが」

そう言ってチラリとこちらを見やる。

「……彩音様。賀茂《かも》涼子さんと、鈴木《すずき》智美さん、或いは川北瑞穂《かわきたみずほ》さんをご存じで？」

「……ええ」

「あの三人であれば……祝福は出来かねますが、まあ理解と納得は出来ます。幼い頃から浩之さんを慕っていたお三方であれば、拍手の一つぐらいは送るのは……非常に悔《くや》しいですが、まあ、やぶさかではありません」

「……」

「ですが、貴女に横から奪われるのは納得がいきません。なぜなら、貴女は『浩之さん』ではなく、『東九条』しか見ていないからです」

「そ、それは！」

「勿論《もちろん》、今は違うという反論もあるでしょう」

「……はい」

「私は所謂《いわゆる》一目惚《ひとめぼ》れを否定はしませんし、恋愛は先着順ではないと思っています。貴女が真に浩之さんに惹《ひ》かれて、婚姻を結びたいと言うなら、一考の余地はあります。ですが、貴女は違うでしょ？」

「……」

「そうです。貴女は、最初は『東九条の家柄』が欲しかった。なら、私たちとは入り口が違う。言わば」

貴女の動機は不純です、と。

「……」

「別に、浩之さんじゃなくても良かった。東九条の、名家の人間であれば誰でも良かった。たまたま手に入ったのが浩之さんだった。一緒に暮らしてみて、悪くないなと思った。そうしたら、取り上げに来る人間が現れた。それは面白くないと思った。別に欲しくて欲しくて堪《たま》らなかったワケじゃないけど、ちょっと傍に置いてみたら良いなと思った。だから、取り上げられたくない……まあ、こういうことじゃないですか？」

そう言って笑って。

「——舐《な》めないで下さいませんか？　私の、私たちの大事な浩之さんを、そんな人には渡したくない」

ギンっと音が鳴りそうな、鋭い視線を桐生に向ける。

「——っ！」

「欲しくて欲しくて堪らなかったワケじゃないなら、欲しくて欲しくて堪らない私たちに……私に浩之さんを返して下さい。無論、対価として貴女の求める『家柄』は渡しますからと……簡単に言えばそういうことです」

「それ……は……」

「……まあ、良いです。どちらにせよ、これ以上の結論は此処《ここ》では出ないでしょうから。夜も遅いですし、今日はもう帰ります」

そう言って席を立って。

「――ああ、そうそう。お茶、ご馳走様《ちそうさま》でした」

そう言ってにっこりと笑って綺麗に頭を下げる明美の後ろ姿を、俺は呆然《ぼうぜん》と見送った。

番外編　東九条明美の暴走

私、東九条明美《ひがしくじようあけみ》にとって又従兄弟《またいとこ》である東九条浩之《ひろゆき》——浩之さんとの出逢《であ》いは既に記憶の遠く、遠く昔のことです。物心つく前に既に私の側にあった存在、それが浩之さんです。

——鈴木智美《すずきともみ》が恋を知り。

——川北瑞穂《かわきたみずほ》が恋に落ちたとすれば。

私、東九条明美は恋を『育てた』と言えます。正直、そこにはドラマチックな出逢いも、運命的な物語も、身を焦がすほどの情熱的な囁《ささや》きの、その何もかもないでしょう。まあ……正直、そこに思うところがないとは言いませんよ？　あの男勝《おとこまさ》りな智美さんが『あの時のヒロユキ、本当に格好良かったな～』なんて気持ちのわる——こほん、惚気《のろけ》るのは羨《うらや》ましいと思わないというと嘘になりますし、バスケ大好き、バスケしか頭にない様な瑞穂さんが『本当の私を見てくれたの、浩之先輩だけなんですよ～、えへへ！』なんて、乙女《おとめ》丸出しの顔で幸せそうに宣《のたま》うその姿は脳がくさ――こほん、こほん！　幸せそうな蕩《とろ》ける笑顔を見せるその姿に嫉妬《しっと》がなかったか、といえば否定は出来ません。

「……」

でも、それでも。

それでも私は、自身のこの『恋』が不満ではなかったのに！

「……まったく……何をしているのですか、あの人は！」

不満爆発、彩音《あやね》様の家から出た私は隣室の自身の部屋に戻り、玄関で靴《くつ》を脱ぐと、同時に持っていた巾着《きんちゃく》からスマホを取り出すと、画面をタップし目当ての番号を呼び出すと、電話を掛けます。ワンコール、ツーコール、三度目の呼び出し音が鳴ると同時に久々に聞く声がスマホの向こう側から聞こえてきました。

『もひもひ～？　はへひ～？　おひはー』

……聞こえてきたのは聞きなれない声でしたが。

「……なんですか、その声は。何か食べているのですか？」

『んぐ……ふぅ、ごめん、ごめん！　お風呂上がりのアイスをちょっとね～。んで？　どしたの、明美？　珍しいじゃん、電話かけてくるなんて』

ごくん、と何かを飲み込んだ様な後、聞こえてくる声にはぁーとため息が漏《も》れます。

「お久しぶりです、智美さん。それにしても、お風呂上がりですか？」

ちらっと時計に視線を向ける。短針が差すのは『六』という数字の少し前。まだ六時前ですよ？

「早くないですか、入浴？」

『今日は練習ハードだったからさ〜。ちょっと汗流す為にシャワー浴びてたの。最近、暑いじゃん？　お風呂上がりのアイス、美味《おい》しいね〜。やっぱチョコミントこそ頂点にして原点だよね！』

「邪道ですよ。アイスは抹茶《まっちゃ》一択。ハミガキ粉の出番はありません」

『出た、和贔屓《わびいき》。それはそれとしてチョコミントを馬鹿にすると、戦争だよ？』

「そんなしょうもないことで戦争なんてごめんです」

本当に。そもそも、そんなしょうもないことで電話をしたわけではありませんし。

「今、お時間宜《よろ》しいですか？」

『アイス食べてるだけだし、問題ないよ。問題ないけど……何さ、明美？　わざわざ電話してくるなんて、そんなに緊急の用事？　いつもはメッセで済ますじゃん』

「そうですね。緊急か、と言われるとそうでもないです。そもそも、時すでに遅し、という感じでもありますし。ですが……まあ、不満の一つでも言わせてもらおうかと思いまして」

『……何？　不満の一つでもって。私、明美になんかしたっけ？　そんな不満そうな声で怒られる様な──』

「──桐生《きりゅう》彩音様、ご存じですよね？」

『──あー……』

私の声に、智美さんが喋《しゃべ》りかけた言葉を呑《の》み込みます。そんな智美さんに、少しだけ険を込めて私は言葉を続けます。

「茜さんからすべてお聞きしましたよ？　智美さん、『彩音様』と随分《ずいぶん》、お親しいようではないですか？　なんでも……一緒に遊びに行って、カラオケに行って、こないだはバスケットの試合までしたらしいですね？」

『あー……まあね？　そうだよ？　確かに最近、仲良しって言えば仲良しかな？　桐生さん、悪い子じゃないし』

「私、お聞きしてませんけど？」

『あー……あ、あはは〜！　ヤだな、明美？　何さ、その彼女みたいな発言！　あれ？　私の交友関係、明美に全部報告しなくちゃいけないカンジ？　やだー、明美さん、おも──』

「本気で言ってますか？　それほど、貴女《あなた》は鈍い人ではないと思っていますが？　私が、普段はメッセージ程度で済ます私が、わざわざ一言文句を言う為に貴女に電話している意味が……本当に、分かりませんか？」

『──……はい。はぁー……』

電話口の向こうから聞こえる智美さんのため息。少しだけ何かを悩んだ後、智美さんが言葉を継ぎます。

『……その、ごめん。今になって明美が電話くれるってことは……知ったの、最近だよね？』

「はい」

『その……悪かったよ。別に仲間外れにしようとか、そういう意図はなかったんだよ？　でもさ？　ヒロユキに許嫁《いいなずけ》が出来ました～なんて明美、聞いたら……何するか分かんないっていうか……具体的には東九条のオジサマ、なんか連行されそうじゃない？』

「浩之さんと似たようなことを……なんだと思っているのですか、貴女は。私、そこまで過激派ではありませんよ？」

『……そっか』

「そうです」

『…………そうか？　まあ……悪かったよ』

「本当です。それに、別に仲間外れにされたことを怒っているわけではありません。いえ、正直に言うと少しだけ寂しい気はします。私たち、幼馴染《おさななじみ》じゃないんですか？」

『……明美』

「……別に、なんでもかんでも教えてほしい、とは言いません。言いませんが……智美さんだって気付いているでしょう？　私の浩之さんへの気持ちは。確かに、私は涼子《りょうこ》さんや瑞穂さんほど、貴女と共にいた時間は少ないかも知れない。ですが……それでも、貴女は私の最愛の幼馴染だと思っています。親友だとも」

『……うん。まあ、明美は隠そうともしてないだろうし……あの鈍感は分かってなさそうだけど……いや、マジでごめん。言い訳になるけどさ？　最初は明美に相談もしようかとは思ったんだよ？　力になってくれる気もしてたし。それでも、ちょっと気が引けて……なんだか内緒にして仲間外れにしたような気を明美が感じているんだったらそれは私たちが悪いよ。私だって明美のこと、大事な幼馴染だって思ってるし、親友だと思ってるから。だからね、明美？　明美の不満は受け入れるし、恨み言くらいは聞く――』

「違います」

『――つもり……はへ？　違う？』

「ええ、違います。先ほども言いましたが、正直少し寂しい気もします。しますが、そんなことでわざわざ電話などしません」

通話口の向こう側で首を捻《ひね》っているだろう智美さん。そんな智美さんに大きく息を吸い込んで。

「――貴女は、何をぼーっと手をこまねいて見ているのですかぁ!!　浩之さんのピンチじゃないですか!!　どんな手を使ってでも、彩音様から浩之さんを奪い返すべきじゃないですか!!」

『………はい？』

「『はい？』ではありません！　良いですか？　浩之さんに『許嫁』なんておぞましいものが出てきたのですよ？　そんな存在が出てきたのに、何を貴女はなんでもない様にその相手とカラオケだ、バスケットだと遊んでいるんですか！　そもそも貴女、好戦的な方でしょう!?　許嫁なんて叩き潰してしまいなさい！　それとも、なんですか？　もう浩之さんなんてどうでも良いんですか!?　それは私的にはウェルカムなんですけど！」

『……おぞましいものって。そして、明美？　アンタ、大事な幼馴染って言ったくせにそんな風に私のことを思ってたの!?』

「思っているに決まってるでしょうが！　最近こそ、ちょっと女の子っぽくなったみたいですが……そもそも貴女、小学校の頃はサーチ＆デストロイが基本なキャラだったじゃないですか！　『お淑《しと》やか』なんて言葉、お母様のお腹の中に忘れてきた様な人じゃないですか!!　敵を見たら容赦《ようしゃ》なく殲滅《せんめつ》する、それが智美さんでしょう!?」

『おい、幼馴染！　さっきの私の謝罪を返せ!!　誰が歩く狂犬だ！　それは茜《あかね》の代名詞でしょうが！』

「別に狂犬とまでは言ってません!!」

『そもそもアンタだけには言われたくないわよ！　知ってるんだからね？　茜、武道全般明美に習っているの！　アンタこそ狂犬の産みの親のくせに、なーにがお淑やかだ、何が!!』

「誰が狂犬のトップブリーダーですって!?　その侮辱《ぶじょく》、受けて立ちます!!」

『そんなことは言ってないよ!?』

お互いに罵《ののし》ること、およそ十分。電話口の向こうで息を荒げながら智美さんが言葉を継ぎます。

『……はぁ、はぁ……と、ともかく！　何？　明美は私に桐生さん叩き潰せって電話してきたの？　悪いけどそれ、ノーサンキューだよ？』

「……はぁ、はぁ……そ、それこそなぜです？　もしや本当に浩之さんのことなんてどうでも良いと……そういうことですか？」

『逆に聞くけど明美？　私が今更、『ヒロユキ？　どーでもいいよ～。彼女出来たの、お幸せに～』なんて言うキャラだと思う？』

「……思いませんね。みっともなく、足元に縋《すが》り付くキャラだと思います」

『それはそれで如何《いか》が》な評価かと思うけど……でもまあ、分からんでもないかな？　それぐらい、私はヒロユキのことが好きだし、諦めるつもりはないよ』

「……では、なぜ今の現状に何も行っていないのですか？」

『……あー』

言い淀《よど》む智美さん。そんな智美さんの言葉を辛抱《しんぼう》強く待っていると、電話口の向こう側からなんとも言い難そうに智美さんが言葉を継いで。

『まあ……もう、足掻《あが》いたんだよね？』

「……え？」

『だから……まあ、私と涼子、一遍《いっぺん》ヒロユキにフラれたしね～。だから今は『見』というか……そんな感じ』

「……え♪」

『……おい、幼馴染？　今、語尾に音符が飛んでなかったか？　なんだか物凄《ものすご》く嬉しそうな声だった気がするんだけど？』

「そ、そんなことはありません！　ええ、そんなことは……えへへ……」

『鬼か。最愛の幼馴染と言った人間の失恋を笑うんかい!!』

「し、失礼しました！　そういう意味では……」

『……ま、気持ちは分からんでもないけどね。私だって明美がヒロユキにこっ酷《ぴど》くフラれたら、お腹抱えて大爆笑するし。勝った！　ってね』

「……お言葉を真似《まね》する様ですが、先ほどの謝罪、返してもらえます？」

『ま、お互いそんな感じでしょ、私ら？　でもまあ、そういう感じで今はちょっと様子見なのよ』

「……なるほど」

冗談めかして言っているが……きっと、智美さんは非常に落ち込んでいたはずです。

「……もったいないことをしたと、後悔《こうかい》していますか？」

『そりゃもう。ホント、自分はどんだけ馬鹿だったんだろうって枕を濡らして――はないか。枕、ぶん殴《なぐ》ってるね、毎晩』

カラカラと笑ってそういう智美さん。私は知っています。浩之さんの気持ちが、一度は智美さんに傾きつつあったことも、その気持ちを涼子さんの為に封じたことも。

「まあ、精々後悔して下さい。私としては僥倖《ぎょうこう》ですが」

『相変わらず、言うね～』

おかしそうにそう言う智美さん。一頻《ひとしき》り笑った後、再び言葉を継ぎました。

『……それで？　明美はどうするの？　こっち乗り込んでヒロユキと桐生さん、責め立てるつもり？』

きっとニヤニヤ笑いながら言っているであろう智美さんに。

「それはもうやりました」

『……は？』

「先ほど……そうですね、彩音様に『宣戦布告』をさせて頂きました。彩音様、言葉もなかったようですし」

『……マジ？』

「ええ。マジです」

甘いですね、智美さん。私はやる時はやる女ですよ？

『……相変わらず、ヒロユキの為ならなんでもするね、アンタ。んで？　なんて宣戦布告したのよ？』

「……それは少し控えさせて頂きます」

『何？　企業秘密かなんかなの？』

「いえ……ですが、今の話をお聞きする限り智美さんと彩音様、それほど険悪な仲ではないのでしょう？」

『あー……まあ正直、『嫌い』にはなれないタイプかなって。なんていうか……ヒロユキに似ているところもあるし』

「なら、尚のこと私の口から答えることは止めておきましょう。私のフィルターを通してのお話では一方的に聞こえるでしょうし……その辺りは浩之さんに聞いて下さい」

『……りょーかい。その、あんまり酷いこと言ってない？』

「それは約束出来かねますが。まあ、暫《しばら》くこちらに滞在することになりそうですので、暇なら遊びに来て下さい。それでは」

『約束出来ないって……アンタ、流石《さすが》に——ちょ、待って!? え？ 何？ こちらに滞在するって!? どういう——』

「それでは」

言い募《つの》る智美さんの電話をぷちっと切りました。智美さん、ああなると長くなりますし……もう一人の幼馴染《おさななじみ》にも文句を言わせてもらわないと！ そう思い、スマホをタップしようとして、自身のスマホが震える。あら、好都合です。

「もしもし？」

『ああ、明美ちゃん？ お久しぶり、涼子です』

「お久しぶりです、涼子さん。どうされました？」

『どうされましたもこうされましたも……聞いたよ、茜ちゃんから。何よ、こっちに家借りたって。私、凄くびっくりしたんだけど？』

「流石に情報が早いですね、涼子さん」

まあ、茜さんに口止めしていたわけでもないですし、こうなるのは想定の内ですが。

「今は少し散らかっていますが……そうですね、来週か再来週あたりにでも一度皆さんで遊びに来て下さいませんか？　おもてなし致しますので」

『お誘いしてもらえるのなら喜んで。私も久しぶりに明美ちゃんとお話ししたいし……あ、お泊まりでも良い？』

「むしろ喜んで。広さはそこそこありますし」

『浩之ちゃんたちの隣の部屋でしょ？　間取り同じなら結構広いよね～』

「……行ったことがあるのですか、涼子さん？」

『お招きしてもらったことがあるんだよ。桐生さんに料理を教える名目で』

スマホから『みしっ』という音が鳴る。『お招きしてもらった』？

「……涼子さん」

『あはは～。明美ちゃん、相変わらず素直だな～。低い声出てるよ～？』

「……ええ、そうでしょうね。私自身、そう思っていますよ？　そして、こうも思っています。宜《よろ》しいのですか？」

『宜しいか宜しくないかで言えば……まあ、あんまり宜しくはないかな～。でもまあ、一度は誰かが浩之ちゃんと『こうなる』とは思ってたから。ほら、それこそ中学の時とかさ？』

「……」

『だからまあ、そこまでショックは受けてないかな？　流石に許嫁《いいなずけ》はアレだったけど……でも、明美ちゃんだってそうでしょ？』

「……そう、とは？」

『茜ちゃんから聞いてるよ？　『おにぃ、明美ちゃんのお父さんに滅茶苦茶《めちゃくちゃ》気に入られてるよ？　良いの、涼子ちゃん？　うち、結構名家だから『許嫁に』とかなりかねないよ？』って。だからまあ、私としては明美ちゃんが桐生さんに代わったたってだけの話かな～って』

「……良くご存じで」

そう。

私と浩之さんの間には許嫁——というほどではないにしろ、『そういう』関係性がなかったと言えば嘘になる。そもそも、我が家と浩之さんの家は繋《つな》がりも深いですし、お父様は浩之さんを本当の息子の様に可愛《かわい》がっていましたし。

『浩之ちゃんのお父さん、本家嫌いって浩之ちゃん言ってたけど？』

「息苦しいとは思っていると思います。思いますが……嫌いなら、愛娘《まなむすめ》を我が家に預けたりはしないのではないです？」

『まあ、そうだろうね。浩之ちゃんのお父さん、茜ちゃんのこと猫可愛がりしてたし』

「茜さん的には『ウザい』らしいですが」

『気持ちは分かるけどね～。ちょっと浩之ちゃんのお父さん、可哀想《かわいそう》だけど』

そう言ってころころと笑う涼子さん。

『それで？　もう乗り込んだの？　浩之ちゃんと桐生さんのところ』

「乗り込んだは人聞きが悪いです。たまたま玄関でお逢《あ》いしたのでお招き頂きました」

『それで、叩き潰したと？』

「……なんだと思っているのですか、私のことを」

……まあ、あながち間違っていませんが。

『え？　明美ちゃんのこと？　そうだな～……まあ、『悪役令嬢』じゃない？』

「あく……なんです、それ？」

『私の中の今年の流行語かな？　ある意味、明美ちゃんに一番相応《ふさわ》しい言葉じゃないかなと思うよ？』

「何を言われているか分かりませんが……褒《ほ》め言葉じゃないですよね、それ？」

『褒めてはないけど凄いな～とは思うよ？　愛が重いというか……桐生さんに『この泥棒猫！　浩之さんは私のです!!』くらいは言いそうかな？　って』

「……まあ、あながち間違っていませんが」

『ははは！　それで？　何を言ったの？』

「黙秘権を行使します。どうしても気になるなら、浩之さんに聞いて下さい。それで？　涼子さんは良いのですか、このままで？」

『まあ、今は特段問題かなって』

「問題ないって！　浩之さんと彩音様、一つ屋根の下ですよ!?　若い男女が一つ屋根の下、間違いがあったらどうするつもりなんですか!!」

『……結構『むっつり』だよね、明美ちゃん。だいじょーぶ。浩之ちゃんだよ？　桐生さんがどんなに魅力的でも手なんか出すわけないじゃん』

「……むっつりとは……こほん、ともかく！　確かに涼子さんの言葉は一理あります。そうですね、浩之さん、紳士ですし」

『あれは『へたれ』って言うと思うけど……まあ、手は出したりしないんじゃない？　リスク・リターンの計算は出来る男の子だし』

「……酷《ひど》くありません、と思いましたが……流石涼子さんというべきでしょうか？」

この三人の幼馴染――まあ、私も瑞穂さんも茜さんも、それに秀明《ひであき》さんも幼馴染の括《くく》りでしょうが……特に親しいこの三人の中で相手のことを一番理解しているのは、きっと涼子さんだろう。だからこそ。

「……涼子さんは良いのですか？」

『何が？』

「涼子さんは『へたれ』と言われましたが……浩之さんは間違いなく『紳士』だと思います。誠実な人だと思います」

『……まあね。不器用だとは思うけど』

「そして、今日お二人を拝見して思いました。彩音様は間違いなく、浩之さんに惹《ひ》かれているでしょう」

『ま、そうだろうね～。浩之ちゃん、付き合っていいとこが分かるタイプだし』

「なら……そんな、慕《した》ってくれる子を、自身のことを好いてくれる子を……浩之さんは無下《むげ》にするでしょうか？」

『しないんじゃないかな～』

「でしょう？　そうなれば……」

──鈴木智美が恋を知り。

──川北瑞穂が恋に落ちたとすれば。

──きっと、桐生彩音は恋に『溺《おぼ》れて』いるのであろう。

「『許嫁』として、無理やり交流を結んだ人間が向ける視線ではありません。浩之さんに、その心を甘く、熱く、蕩《とろ》けさせられた……恋する乙女《おとめ》の目でした。そんな目を向けられること、『ただの』許嫁がしますか？　絶対、浩之さんが何かをしたに決まってるじゃないですか!!」

『だろうね～。具体的には分からないけど……桐生さん、きっと浩之ちゃんに何かをしてもらって、それからベタ惚《ぼ》れじゃないのかな～？』

「それで良いのですか、涼子さん！　涼子さんはきっと、私と同じで……」

──東九条明美が恋を『育てた』とすれば。

──賀茂《かも》涼子はきっと、東九条浩之と恋を『歩んだ』のだ。だれよりも東九条浩之と近い女の子として、時にはその背中を追い、時には背中を見せ、そして誰よりも長く、二人で歩んだのだ。

『……まあね。明美ちゃんも同じだよね？　私たちは浩之ちゃんと仲は良い。でも……智美ちゃんや瑞穂ちゃん、桐生さんほど、劇的に恋に落ちたかっていえば……』

「……そうです。そして、それはきっと私たちにとってビハインドです」

私だって女子高生、ドラマや小説の様な恋に憧れだってしてします。劇的な、運命的な、刺激的な恋に焦がれないといえば……嘘になります。

「……不安になりませんか？」

そんな経験をさせてくれた男の子を、浩之さんを手放すのか。そんなの無理に決まってるじゃないか。

「……このまま、彩音様との婚儀が成立してしまうとすれば……」

……そんなの、許せません。

『……まあ、明美ちゃんの気持ちは分かるよ。分かるけど……ん～……』

私の言葉に涼子さんが悩むような声を出す。

『……ま、それは一旦置いておくよ。それで？　具体的にどうするつもりなの？　一応、言っておくけど……私、別に桐生さんのこと、そんなに恨んでないんだよね。まあ、恋敵《こいがたき》としては強敵かな～って思うけど……浩之ちゃんのこと抜き──ううん、浩之ちゃんのこと含めても仲良くしたいと思ってるし』

「……智美さんと同じことを言うのですね？」

『あれ？　智美ちゃんとお話ししたの？』

「先ほど少し」

『そっか。まあ、幼馴染《おさななじみ》だしね、私たち。好みは似るんじゃない？　明美ちゃんだってきっと、桐生さんのことそんなに嫌いになれないと思うよ？　浩之ちゃんになんとなく似てるし』

「……まあ、彩音様自体は嫌いなわけではないです」

『あれ？　そうなの？　っていうか、今更だけど知り合いなの？　『彩音様』って』

「パーティーで何度か。容姿も整っておられますし、才覚もあると思っております。その……軽蔑《けいべつ》しません？」

『しないよ』

「……社交界では彩音様のご実家を成り上がりと嘲《あざけ》る人もいます。それでも彩音様はいつも堂々としておられましたし……気高いと思います」

『それ、軽蔑する要素なくない？　明美ちゃんはそう思ってないんでしょ？　そう思う人がいるってだけで』

「私も社交界の一員ですので」

『カテゴリーに所属しているだけで軽蔑されたらたまったもんじゃないでしょ？　大丈夫、軽蔑なんてしないよ？』

「……ありがとうございます」

『でもまあ、これから明美ちゃんがすること次第じゃ軽蔑しちゃうかもね？　さっきも言ったけど、私は別に桐生さんのこと嫌いじゃないし……それに、逆効果になりかねないし』

「逆効果？」

『義理堅い浩之ちゃんだよ？　無理矢理引き離したりした日には、絶対、桐生さんのこと引きずるじゃん。そんなのはちょっとごめんかな〜。ただでさえ『昔の女の子』には勝てないのに、自分で別れたわけじゃない、綺麗《きれい》なままの思い出ならもっと勝てるわけないじゃん』

……おお。

「……流石、涼子さん。浩之さん検定一級を差し上げましょう。確かにその可能性は高い」

『ヤだな、明美ちゃん？　私は試験を解く側じゃなくて作る側だよ、その検定だと』

「そうですね。確かに無理矢理別れさせる様なことをすれば逆効果かもしれません」

『分かってくれたら良かったよ。まあ、あんまり無理しないでね？　明美ちゃんのことは大事な幼馴染だと思ってるし……浩之ちゃんに嫌われて落ち込んでる明美ちゃんは見たくないし』

「……ありがとうございます。その辺りの見極めはしっかりするつもりですので」

『……大丈夫かな〜。急にこっちに家借りたりするし……明美ちゃん、思い込んだら『こう』なところもあるし……本当に、無理しないでね？』

涼子さんの言葉に、なんだか俄然《がぜん》、元気が出てきました！　そう、そうです！　浩之さんに嫌われない様に、それでいて彩音様との仲を引き裂く……これです！

「任せて下さい、涼子さん！　この私が必ず、浩之さんを取り戻してみせます‼　ええ、ええ、ぽっと出の許嫁なんかに、この東九条明美が負けるわけないです‼」

『……そのセリフは完全に悪役令嬢なんだけど……まあ、頑張ってね～』

なんだか呆《あき》れたような涼子さんの声が聞こえてきたが、『必ず浩之さんを取り戻す』と燃えている私には、その言葉はあんまり響かなかった。

あとがき

祝！　コミカライズ決定！　どうも疎陀《そだ》です。これも皆様の応援のお蔭《かげ》です。感謝、圧倒的感謝……！

……さて。私のXを見て下さった方の中には『あれ？　なんか『売上げヤバいです！　打ち切り危機です！』みたいなこと言ってなかった？』と思われる方もおられるかも知れません。

ええ、実際問題、三巻発売決定の時点では『三巻で物語を纏《まと》めて頂ければ……』というお話も頂戴《ちょうだい》したんです。頂戴したんですが……

――疎陀、盛大にゴネマシタ。

『こちらとしても、ラブコメで一定の評価を築いて頂いたと思っておりますので、ぜひ、次回作で――』『分かりました!!　それならコミカライズですよ！　コミカライズしましょう！　そうすればコミカライズから入って下さった皆様が、小説版も買ってくれるって！　売上げ上がるって！　っていうか、私もコミカライズが見たい！　見たいみたいミタイ!!　お願い、おねがーい!!』『――頑張って……は、はい？　え、えっと、疎陀さん？　お、落ち着いてください！』みたいなノリで決定しました。ええ、いい歳《とし》したオッサンが床に寝転がってジタバタと駄々《だだ》をゴネマシタ（一部、フィクションを含みます）

担当編集さんも『え、ええ～……何言ってんだコイツ』みたいに思ったと思うんですよね、エエ。だって、『三巻で纏めて？』って言ってるのに、その返事が『コミカライズしよう！』って……完全に正気の沙汰《さた》とは思えないですよね？　ヤバい奴です、マジで。メンタル、ぶっ壊れてますよね？

ただ、理解のある担当編集さんのお蔭でコミカライズも無事に決定しました。コミカライズを手掛けて下さる森《もり》あいり先生から素晴らしいキャラ設定画像も頂いてます！　ニヤニヤしてます、一人で!!　早く皆様にお届けできたら嬉しいな～と思っておりますので、皆様、首を長くしてお待ち頂ければ!!

……こう書いたんですけど、あの、編集さんにゴネるのは良くないですよ？　これを見た同業者の方が『そっか！　ゴネれば良いんだ！』って思わないでくださいね？　これは担当編集さんとのお付き合いの長さやら、一応賞レースで賞頂いたり、もろもろの事情が重なった超ラッキーなので。担当編集さんにゴネるのは諸刃《もろは》の剣《つるぎ》です。素人《しろうと》にはおススメしない。まあ、お前が言うな！　という話ですが。

さて、残念ながらページ数も埋まってきましたので、今回はこの辺りで失礼させて頂こうかと思います。また次回、お逢《あ》いできることを願いまして。

令和六年三月吉日　転勤に伴う引っ越しで土日が潰れて死にそうな　疎陀　陽

ダッシュエックス文庫

許嫁が出来たと思ったら、その許嫁が学校で有名な『悪役令嬢』だったんだけど、どうすればいい？4

疎陀 陽

2024年4月30日　第1刷発行

★定価はカバーに表示してあります

発行者　瓶子吉久
発行所　株式会社　集英社
〒101−8050　東京都千代田区一ツ橋2−5−10
03（3230）6229（編集）
03（3230）6393（販売／書店専用）03（3230）6080（読者係）
印刷所　図書印刷株式会社
編集協力　後藤陶子

ISBN978-4-08-631549-4 C0193

サキュバス四十八手2

しめさば
イラスト／てつぶた

王立魔法学園の最下生6
～貧困街《スラム》上がりの最強魔法師、貴族だらけの学園で無双する～

柑橘ゆすら
イラスト／青乃《あおの》下《しも》
キャラクター原案／長月 郁

魔王は勇者の可愛い嫁
～パーティの美少女4人から裏切られた勇者、魔王と幸せに暮らします。4人が勇者殺しの大罪人として世界中から非難されてる？ まあ因果応報かなぁ～

六志麻あさ
イラスト／あまな

学校一の美少女と親友同士の恋愛相談に乗っていたら、いつのまにか彼女が誰よりも近い存在になってた件

鉄人《てつびと》じゅす
イラスト／たん旦

世界を救うエッチな儀式、第六手目にして早くも難航!! 解決のカギを握る人物――デル・モロ監督に助けを求めることになり…!?

組織を辞め、『普通』の学生となったアルスが迫られる究極の選択とは!? さらにアルバイトにも挑戦し、秘めた実力を発揮する…!!

最終決戦で仲間に裏切られた勇者を助けたのはまさかの魔王!! 魔族の生活を守りたい魔王ヴィラと、訳あって政略結婚することに!?

涼真が親友の初恋を応援するため同じクラスの女子・雫の情報を集めていると、雫の親友で、学校一の美少女アリサに呼び出されて!?